AF186649

Die vergessene Ehre der Ganoven

süß-saure Gedanken-Cocktails

Freddy Charles Rabak

Strichphilosoph

Impressum:

© *Freddy Charles Rabak*
9100 Völkermarkt
Lektorat & Mitarbeit: Mag. Ruth Rabak
Cover-Fotos © Freddy Ch. Rabak
Cover-Gestaltung: Markus Putz
ISBN: 9783749483938

Herstellung und Verlag: BoD – Books on Demand, Norderstedt
Veröffentlichungen, Bilder, Auszüge oder Zitate nur mit Quellen-Angabe gestattet.
Erst-Veröffentlichung: 2019

Inhaltsverzeichnis

3

Ein Vorwort muss ja sein...

Ein unauffälliger Künstler bleibt nur ein Lebenskünstler.

Freddy Ch. Rabak

Eigentlich wollte ich nach meiner Trilogie über die Wiener Unterwelt dem Bücher schreiben Adieu sagen. Doch meine Sehnen in den Fingern brauchen einfach eine Beschäftigung und wollen im Trainig bleiben, wenn es schon der Rest meines Körpers nicht tut. Außerdem, was sagte uns ziemlich lange eine sattsam bekannte TV-Werbung für Schokolade-Kekse: "Wenn ich nur aufhör'n könnt".

Ich bin zwar laut Geburtsschein 72, aber wenn ich mal genau recherchiere und rechne, eigentlich erst 52 oder noch jünger.

Ich ziehe mal 6,5 Jahre ab, die ich im Knast verbrachte. Nicht zu vergessen die unendlich vielen Tage und Nächte in Kneipen, Beiseln, Bars, Kaffeehäusern, am Strich und in Puffs. Ich ziehe die Zeiten, die ich in oft düsteren Hinterzimmern beim Zocken verbrachte und nicht nur viel Geld, sondern auch einen kostbaren Teil meines Lebens verspielte, natürlich auch in Betracht. Wenn ich nun noch die täglichen Sitzungen am Klosett oder den großen Zeitraum, in dem ich zugedröhnt, verkokst oder besoffen kostbare

Zeit förmlich an mir vorbei fließen ließ, in meine etwas andere Zeitrechnung mit einbeziehe, muss ich meinen Rechner bemühen und merke plötzlich voll Erstaunen, dass ich höchstens zwanzig bin und meine Leser und Leserinnen mich mit "Burschi" und per Du anreden können, wenn sie wollen, dass ich ihnen Zigaretten oder eine Wurstsemmel hole...

Aber vielleicht kann ich sogar einen meiner frühen Kindheitsträume noch erfüllen und mich bei der Polizei bewerben. Muß nur nochmal genauer nachrechnen, denn in meinem Alter vergisst man ja schon so manches...

Ein Alzheimer-Aspirant meint:

Ich werde so lange Storys schreiben, bis ich den Serienmörder Ted Bundy mit dem "Schuhverkäufer" Al Bundy verwechsle oder das „ABD" bis „Y" vergessen habe.
Freddy Charles Rabak

Sie haben Ihr „Empfangsgerät" eingeschaltet? Also Augen und Gehirn? Ohren werden nicht benötigt, denn unser Verlagsradio „Radio Blödsinn" sendet nur auf diesem Kanal und ist ausschließlich visuell empfangbar. Auch die Nase wird nicht beansprucht, obwohl der Autor Freddy seinen durch weißes Pulver etwas durchlöcherten „Frnak" in vieles steckt, das hoffentlich auch seine Leser*innen interessiert und auch amüsiert. Ich kann nur hoffen, dass Sie nicht die Nase rümpfen werden. Übrigens, auch Johannes der Säufer freut sich schon auf dieses Buch!
Ready? Okay! Dann kann es ja losgehen mit dem Lesen.
P.S. Wollte eigentlich nur beweisen, dass ich auch der englischen Sprache mächtig bin.

Ja, ich habe gekokst...

Der Körper ist doch nur die Hülle einer Sanduhr, die sich nicht umdrehen lässt...
Freddy Ch. Rabak

...sagten laut BILD.de (2013) einige "Stars", von denen ich als "Star-Banause" keine(n) einzige(n) kenne. Da ich nicht bereit bin, für BILD-Plus zu zahlen und diesen „BILDungsblockierer" auch nicht abonnieren will, werden hier nur einige "Stars" genannt, die auf der Gratis-Schlagzeile angeführt sind: Eine gewisse Helen Mirren und ein Willi Herren...

Ich könnte natürlich googeln oder auf Wikipedia recherchieren, wer und was diese zwei scheinbar "besonderen" Leute sind und was sie zu "Stars" machte, aber ich unterließ es schon 2013, weil ich mir weder Serien, noch Filme oder gar Talk-Shows ansehe. Angebrachter wäre eher folgende Frage: Wer von den oft im Stundentakt von Klatsch & Tratsch-Journalisten geschaffenen Stars hat eigentlich noch nicht gekokst oder gekifft? Die meisten "Geständigen" würden mit Augenaufschlag vielleicht die inflationäre Antwort geben, sie hätten in der frühen Jugend einmal Haschisch probiert.

Bill Clinton war wieder einmal am glaubwürdigsten. Er erklärte

1992 öffentlich, er habe Marihuana geraucht, „aber nicht inhaliert". „Eh kloar", würde der typische Wiener Serien-Prolet Mundl, also Edmund Sackbauer, sagen und einen tiefen Schluck aus der Bierflasche nehmen.

Da sind amerikanische Hollywood-Stars schon etwas ehrlicher. Wie Brad Pitt, der 2017 zugab: „Ich kann mich an keinen Tag erinnern, an dem ich keinen Joint geraucht habe!" Oder der weltbekannte und einst höchstbezahlte Serienstar- der liebe, nette und sympathische „Onkel Charlie"-Darsteller Charlie Sheen. Er ließ früher eigentlich nichts aus. Er soff, nahm verschiedene Drogen, steckte sich mit HIV an, sperrte so nebenbei eine Prostituierte in einen Hotelzimmerschrank (machen andere auch bei uns, was ich aus persönlichen Schilderungen weiß) und brachte eine Sexarbeiterin zum Thanksgiving-Dinner seiner Ex-Frau Denise Richards mit. Dafür zolle ich ihm Respekt.

Über seine wilde Zeit sagte der laut seiner Aussagen angeblich nun asketisch lebende Schauspieler: „Bis heute habe ich keine Ahnung wie ich solch ein Chaos anrichten konnte und was in meinem Kopf los war. Als wäre ich von einem Dämon besessen gewesen." Lieber Charlie, diese Ausrede ist schon ein sehr alter Hut und wurde sicher schon verwendet, als es noch keine Hüte gab und wird heute auch von Mördern gerne gebraucht, um bei

„Psychologen" und damit bei Geschworenen und Richtern zu „punkten".

Ich will nur noch kurz Johnny Depp erwähnen. Er sorgte in den letzten Jahren mit Alkohol- und Drogeneskapaden für Schlagzeilen. Seine Ex-Frau Amber Heard warf ihm vor, sie angetrunken verprügelt zu haben. Die Fotos von ihr mit blauem Auge gingen um die Welt, wo diese „Erziehungsmethode" an „respektlosen", unwilligen und „widerspenstigen" Frauen alltäglich von Millionen Machos, Narzissten und Psychopathen ebenfalls sehr gerne verwendet wird- nur gehen diese Bilder nicht um die Welt. Johnny bestritt zuerst die Vorwürfe und auch, dass er ein Alkoholproblem habe, doch gestand schließlich voll (tränenloser) Reue, (ob er da auch „voll" war?) die von keinem Fachidioten, also „Experten" auf Echtheit untersucht wurde: „Ich trank schon morgens Wodka." Verständlich, denn amerikanischer Whisky ist auch nicht das Feinste- ähnlich wie feines Kaffeeobers auf amerikanisch/deutschem „Kännchen-Kaffee"...

Aber am Suff oder harten Drogen gingen viele Stars und A-C-Promis zugrunde. Wie der eigentlich fast nur in Österreich bekannte Musiker und Sänger Hansi Dujmic, dessen Name nun als Erinnerung einen Wiener Gemeindebau ziert, oder die „echten" Welt-Stars wie Janis Joplin, Jim Morrison, das schöne

Model Anna Nicole Smith, der Frauenschläger Ike Turner, Oscar-Preisträger Heath Ledger und die „Superstars" Whitney Houston und Amy Winehouse, um auch da nur einige der ganz Großen zu nennen. Ihnen ging es wie meiner 2007 nach einem Suizid verstorbenen Frau Andrea, die mit 46 Jahren der Alkoholsucht zum Opfer fiel.

Die tägliche „Beihilfe" von Drogen und Alkohol zum Suizid, Mord, Amokläufen und brutalster Gewalt sei hier „nur" nebenbei erwähnt.

Auch ich war in der Wiener „Szene" als „Schneemann" von Promis, Stars, Geschäftsleuten, Managern, Künstlern, Akademikern und „Oberschichtlern" bei Partys und „Festerln" sehr gefragt. Nachdem ich 1993 verhaftet wurde, hatte ich in der Zelle einige Zeit, über meine Tätigkeit und auch über Kunden nachzudenken. Einige ehemals sehr erfolgreiche Geschäftsleute, die am „besten Stoff der City" sozial, gesundheitlich und besonders psychisch ausrutschten, am „Schneeberg" einen „Stern rissen" und oft nicht mehr „aufstehen" konnten...

Neulich, an einem heißen Sommertag

Leider sehen viele Menschen nur wie Menschen aus.

Freddy Ch. Rabak

Während der brütenden Hitzewelle saß ich im schattigen Garten, zuzelte an einem Almdudler gespritzt und arbeitete gerade auf meinem Laptop an einer Kurzgeschichte, als eine laut summende Fliege, eine widerspenstige und lästige "Wiederholungstäterin", meinen Kopf mehrmals umkreiste und ihre kurzen Ruhepausen auf meinem Schenkel genoss, um ausgeruht wieder alles Mögliche auf meinem improvisierten Schreibtisch, der eher an das Mobiliar eines Wiener Heurigen oder eine Buschenschank erinnerte, zu inspizieren.

Ich schaue mir gerne "True-Crime"-Dokus an. Dort sind echte Opfer, Mörder, Tatorte, Ermittler, Anwälte usw. zu sehen und zu hören. Da fielen mir die niedlichen, oft frisch geschlüpften Fliegen-Babys, also Maden, die ihren Teil zur Entsorgung menschlicher Fleischreste beitragen, ein. Ich spann meine Gedanken weiter und dachte voll Grausen an mein Ende:

Hoffentlich sterbe ich nie unbemerkt an einem heißen Sommertag im Freien. Fette Käse- und Fleischfliegen würden schnell, oft nach wenigen Minuten, meinen Körper als willkommenes Öko-system wittern und ihn sofort zur "First-Class"- Geburtsstation und Kinderstube für ihre noch ungeborenen „Kinderchen" erklären. Frisch geschlüpfte Baby-Maden würden schmatzend meinen bald fürchterlich stinkenden Leichnam "zum Fressen gern" haben und meine Augen, trotz grünem Star, vielleicht als supi-feines Dessert zu sich nehmen.

Der bekannte Forensiker Dr. Mark Benecke, auch „Herr der Maden" genannt, meint: "Verwesung ist nichts Widerliches." Wenn es so ist und der Forensiker im Magazin NEWS ergänzend meint „Maden sind aufrechte, coole, vernünftige Gegenüber", drängt sich mir doch die Frage auf: Würde Dr. Benecke neben einer verwesenden Leiche, von coolen Maden und ihren "Müttern" besiedelt, auch ein belegtes Brötchen essen?

Vielleicht fragt sich nun mancher Leser oder manche Leserin: „Was geschah mit der Fliege?" Ich habe sie, wie zwei ihrer Kolleginnen, mit einer eigens dafür erfundenen Klatsche erschlagen.

PS: Unverschämte oder geistig abnorme Fliegen nehmen auch schon mal lebende Menschen und Tiere für ihren Nachwuchs in Beschlag...

13

STRICH-LEGENDE IM TALK

Wiener Rotlicht-Legende Freddy Rabak packt aus!

TON EINSCHALTEN

Video: krone.tv

Er ist ein wahres Rotlicht-Original. Freddy Rabak hat in seinem Leben, welches hauptsächlich von der Wiener Unterwelt geprägt wurde, einiges erlebt. Im krone.at-Erfolgsformat „Stiegenhaus West" bei Moderator Max Schmiedl spricht der selbsternannte Strichphilosoph über seine Jugend im Prater, seine Ehen mit Prostituierten, seine Zeit als Drogendealer und wie er damals „sex- und spielsüchtig" geworden ist.

Artikel teilen

Kommentare   Drucken

 3

Freddy Rabaks bisheriges Leben war alles andere als durchschnittlich. Aufgewachsen ist er als Sohn einer Artistenfamilie im Prater. Mit 17 kommt er zum ersten Mal ins Gefängnis. Mit 18 entscheidet Rabak sich gegen ein Durchschnittsleben - seine folgenden Lebensjahre sind geprägt von Gewalt, Prostitution und Glücksspiel.

Quelle: Story plus Video auf https://www.krone.at/1985748

14

Wenn ich schon mit dem Header "Ja, ich habe gekokst" so viele Zugriffe auf meinem Blog hatte, werde ich zu einem "anderen" Thema wechseln. Nämlich zu folgendem, das kaum in einer Unterhaltung vorkommt:

"Ja, ich habe gewixt"! Oder vielleicht doch "gewichst"?

Dabei ist sich nicht einmal die "Wissenschaft" einig, ob wer "gewixt" oder "gewichst" hat.

Ich ersuchte "Siri" um Hilfe und prompt lieferte mir das Online-Lexikon Wikipedia eine schnelle, wenn auch sehr undiskrete Antwort: Wichser // Wixer | Schimpfwörter. Aha, man ist sich scheinbar dort auch nicht wirklich einig, ob Wixer nun eine Verbalinjurie von Wichser ist, oder ob man es mit zwei verschiedenen Wörtern zu tun hat. Um beim "verwichsten" Thema zu bleiben: Ich kannte in meinen 72 Jahren nur eine Person, die nach ihren Angaben und "Schwüren" angeblich "nie" masturbiert, also gewixt (gewichst) hat: Mein vielleicht etwas "depperter" Onkel Kurt (Reinhard-Seminarist, Schauspieler und Opernliebhaber), der sein "Zumpferl" (Pimmel) scheinbar nur zum pinkeln und zum Ausschütteln in die Hand genommen hat. Der Onkel, als Kind sagte ich "Onki" zu ihm, hatte nie ein Verhältnis mit einer

Frau, ausgenommen mit seiner "Schwägerin", meiner Mutter. Es musste nach meinen Erfahrungen ein von Daddy akzeptiertes Dreiecksverhältnis gewesen sein.

Als eines Tages meine Mutter in meinem Zimmer Sperma am Boden fand (sie ist deswegen nicht ausgerutscht), häkerlte, nein, verhöhnte "Onki" mich, indem er mir, einem elf- oder zwölfjährigen Buben, das damals sehr populäre Bodenpflegemittel „Waxa" nicht nur einmal vor die Nase hielt.

Übrigens: Wenn ich heute, als schon etwas überreifer Mann, beichten ginge und für jedesmal onanieren und andere "Todsünden" reumütig ein Gebet sprechen müsste, würde bei so manchem Beichtvater nicht nur der Kragen steif werden. Aber dann hätte ich echt gute Karten in der Hand, um wenigstens im milder beheizten Fegefeuer ein halbwegs kühles Platzerl zu finden. Aber vielleicht geht es einfacher und schneller mit einem Ablass-Handel? Etwa ein Häufchen Sünden gegen einen Haufen Geld? Wird auch schwierig sein, denn ich kann mir nicht einmal eine Waffe kaufen, um eine Bank zu überfallen. Nein, liebe Leute, keine Angst! Ich meine nicht eure Sitzbank im Park. Doch ich habe noch eine Idee: Vielleicht kann ich mit meiner reichhaltigen Porno-Sammlung mit den Röcke tragenden Herren ins Buß-Geschäft kommen? Garantiert sind auch Gay-Filmchen dabei und bei einem spielt sogar ein schweres Kreuz samt Ketten und auch Peitschen eine Rolle...

Gedanken zu gewissen Phantasien...

Blicke im Leben nicht oft zurück, Du könntest das Schicksal von Frau Lot teilen.
Freddy Ch. Rabak

Es gibt viele Menschen, die ohne Auto, Busse, Flugzeuge und Kreuzfahrtschiffe ihre Wunschdestinationen aufsuchen. Sie greifen einfach nach einem Buch ihrer Wahl, um in wenigen Minuten in fremde Länder zu reisen. Sie erfahren Schicksale von Menschen aus der Steinzeit bis zur modernen Zeit und von Personen aus jeder Gesellschaftsschicht.

Ganz ohne festen Zeitplan, mühsame Hotel-Reservierungen, Sprachkurse, schwere Koffer und einen Langenscheidt. Hinter dem Buch-Cover erwarten die Leser je nach Geschmack spannende Abenteuer, waghalsige Unternehmungen, Morde, Selbstmorde, Hinrichtungen, Schlachten, Kriege, Eroberungen, Niederlagen, Feste, Kerker. Heiße Leidenschaften oder zu Herzen gehende Dramen und Liebschaften greifen nach dem Herz der Leser und Leserinnen und zum Aufheitern gibt es zum Glück Komödien und die Bücher von mir.

Viele schon vom Aussterben bedrohte Bücherwürmer lesen auch gerne Biografien von netten Menschen wie es wahrheitsliebende

Politiker nun mal sind. Ich las Bücher über allerlei Frieden bringende Sektenführer, seichtsinnige Propheten und Prediger, die ihren dummen Schäfchen (es gibt kein Schaf, das intelligent ist) sogar den Himmel, das Paradies garantieren. Natürlich nicht auf Erden und natürlich nicht zu Lebzeiten...

Biografien von Serien- und Massenmördern, Kriegsverbrechern, bedeutenden Gangstern, Millionen-Betrügern und anderen kriminellen Elementen finden ihre Leserschaft. Sogar ein Ex-Strizzi, Ex-Dealer -es müssten zu viele "Ex" aufgezählt werden- wird gerne gelesen.

Lesen bildet nun mal, sogar, wenn man es sich nur einbildet. So erfuhr ich als Jugendlicher nach der Lektüre sämtlicher Karl May-Bücher nicht, dass die oft ein- und wieder ausgegrabenen Kriegsbeile der Indianer mit der Zeit stumpf und rostig wurden. Sie deckten sich deshalb langsam am schwarzen Markt mit Feuerwaffen ein. Ich las auch nirgends, dass Winnetous Brüder ihre Friedenspfeifen nicht mit reinem Tabak oder gar „Gras" stopften, sondern mit Kinnikinnik, dem Tabak der Indianer. Mit verschiedenen Kräutern gemischt diente er nicht nur als Tabak, sondern auch als Heilmittel. Ein Trost: Auch ein Karl May kann nicht alles wissen...

Anfang der 60er erfuhr ich Dank Gus Backus, einem sehr bekannten deutschen Schlagersänger amerikanischer Abstammung, dass ein junger Indianer namens „Brauner Bär" in eine „weiße Taube" verliebt war. Das Lied lief fast täglich im Radio oder tönte aus Wurlitzern. Das traurige in dem Lied: Ein sehr tiefes und scheinbar unüberwindbares Wasser trennte die beiden Verliebten. Doch zum Glück der Zwei setzte schon damals der Klimawandel ein, Dank einer Hitzewelle verschwand das Wasser und der junge Indianer beeilte sich mit seinen neuen Mokassins, die ihm von Zalando erst vor wenigen Stunden geliefert wurden, schnurstracks ans andere Ufer zu seinem weißen Tauberl. Bitte nicht falsch verstehen, liebe Leser und Leserinnen- ich meinte natürlich das ganz "andere Ufer", wo Elton John nicht nur mit seiner Band übte, sondern auch einem Herren-Blasorchester das richtige Blasen beibrachte...

Die Helden vieler Wild-West Romane und Filme sorgten nach dem von ihnen legalisierten Landraub dafür, dass die „Rothäute" durch das heiligste "Buch der Bücher" richtig erzogen wurden. Sie lernten ihre Nächsten und auch Feinde zu lieben, dass die ewigen Jagdgründe ab sofort Paradies heißen und auch, dass man nach einer schmerzhaften Watschen dem Herrn auch die andere Wange mit dem bleichen Gesicht als devote "Zugabe" offerieren soll.

Bald feierten Indios nicht nur lustige und feuchtfröhliche Nächte am Lagerfeuer. Mit dem Feuerwasser der Bleichgesichter wurden die Kriegstänze etwas ekstatischer getanzt (harte Drogen waren damals noch nicht im Spiel) und die "gespaltenen Zungen" vermehrten sich rasant im täglich reduzierten Indianer-Land.

Schließlich wurden die Manitou-Jünger und Mädels zu ihrem eigenen Wohl in engen Reservaten "konzentriert" endgelagert. Jaja, solche Dinge geht man nicht unkonzentriert an. Es waren doch nur „Wilde" und sogar heute wird Wild auf der ganzen Welt noch gerne gejagt. Auch in unseren Breiten und Zeiten.

Nach einem verspäteten Reifeprozeß und als bedingt Erwachsener erfuhr ich endlich, dass Karl May die beschriebenen Länder wie den „wilden Westen" oder das „wilde Kurdistan" nur in seiner beneidenswerten Phantasie bereist hatte.

Denn Karli verbrachte insgesamt 7,5 Jahre wegen diverser Diebstähle und Betrügereien im Gefängnis, wo er sich aus Büchern über Reiserlebnisse sein Wissen über Indianer, die USA und vielleicht auch über orientalische Länder aneignete. Als Bestseller-Autor unternahm May später einige Weltreisen, bevor er 1912 im siebzigsten Lebensjahr in die „ewigen Jagdgründe" übersiedelte, um Winnetou und Old Shatterhand persönlich kennenzulernen.

Ich frage als Charles mal mein zweites Ich, den Freddy: In meiner Kinder- und Jugendzeit kannte jeder kleine Bub Karl May. Wie viele Maturanten, Vorzugsschüler oder Studenten kennen ihn wohl heute noch? Die Zusatzfrage: Wie viele müssten googeln?

*

Manchmal ist es einem als Mann angeraten, im Bett neben seiner TV-schauenden Frau ein Buch zu lesen. Dabei kann es aber auch Irrtümer geben, wie es kürzlich einem Freund passiert ist. Er fasste, in ein Buch vertieft (er beichtete mir, es sei eines meiner Bücher gewesen), seiner Frau an die Muschi. Sie fragt daraufhin etwas irritiert: "Schatzi, willst du Sex?" Mein Hawara, ich glaub der Peppi war`s, antwortete, tief in Gedanken versunken: "Nein, ich wollte mir nur die Finger zum Umblättern feucht machen.".

*

Lesen ist und war für mich schon als Kind eine Flucht vor der Realität und auch meinem Elternhaus. Comics wie *Sigurd, der edle Ritter*, *Tibor* und *Nick, der Weltraumfahrer* entführten mich schon an meinem früheren Wohnort, der Lassallestraße im

22

zweiten Bezirk, in Ritterburgen, Dschungel, in das Weltall und fremde Planeten. Es folgten bald Bücher aus der Leihbibliothek und auch billige Groschenromane. Kurz bevorzugt waren Grusel-Science-Fiction- Gschichterln. Auch die haarsträubenden Storys von FBI-Agent Jerry Cotton und seinem Freund und Kollegen Phil Decker.

Aber auch Filme beeinflussten mich als Jugendlicher sehr und besonders galante Räuber wie Robin Hood oder der englische Posträuber Ronald Biggs konnten mit meiner Sympathie rechnen. Sogar der „Gefangene von Alcatraz" Robert Stroud, der es Dank eines im Gefängnishof gefundenen Spatzen zum anerkannten Ornithologen (Vogelkundler) schaffte, wurde von Burt Lancaster bestens und sympathisch verkörpert. Auch Stroud war trotz seiner Verbrechen für mich, dank seiner Wandlung, ein trauriger Held.

Besonders beeinflusste mich der 1963 gedrehte Billy Wilder-Film *Das Mädchen Irma la Douce* mit der bezaubernden Shirley MacLaine als Prostituierte Irma und dem naiven, braven und in die liebe und attraktive Irma über den Scheitel verliebten Polizisten Nestor Patou alias Jack Lemmon. Dieser Film war einer der "Wegweiser" meines jungen Lebens, dem ich unbedingt folgen wollte. Weg aus der vom System vorgeschriebenen Sackgasse: Hackeln, heiraten, Kinder auf die Welt setzen, sparen, um sich eine Waschmaschine oder einen sich vom Mund abgesparten Urlaub an Italiens Hausmeisterstränden leisten zu können.

Während meiner Lehrzeit (ich schaffte 6 Lehrstellen bis zum Gesellenbrief) beobachtete ich viele meiner Monteure, die aus dem Menagereinderl (in Deutschland sagt man "Henkelmann") den von zu Hause mitgebrachten, mit der Lötlampe aufgewärmten Schlick verschlangen.

Einige Kollegen leisteten sich auch mal, besonders am Freitag, wenn das Lohnsackerl klingelte, bei einem billigen Wirten einige Biere oder ein paar Glaserln Wein.

So schreckten mich so manche Pissoir-Fachkräfte, also ausgelernte Kollegen, vor einer längeren Karriere als Installateur ab, obwohl ich Reinhard Meys Hymne "Ich bin Klempner von Beruf" wirklich gern lauschte.

*

Ich wollte nie Opa gerufen werden und mir nie ewig mit der gleichen Alten das Bad und Klosett teilen bis die Demenz, eine andere Krankheit oder der Tod uns scheiden würde. Das war gewiss nicht mein hehres Ziel. Nein, so stellte ich mir schon als Jugendlicher mein künftiges Leben nicht vor. Arbeiten für andere, denken, was Vordenker mir eintrichtern und kuschen, wenn mir mal etwas nicht genehm ist. Nein, da ließe ich mich lieber zurück ficken und schließlich abtreiben.

Zum Glück für Langschläfer und faule Hunde, die sich nicht um 7 Uhr morgens in eine überfüllte und übel riechende U-Bahn drängen wollen, gibt es ja hübsche, willige und dumme Frauen, die für ein paar leere Versprechungen alles für einen Mann tun. Viele auch trotz blauer, geschwollener Augen, blutiger Cuts, ausgerissener Haare und ausgeschlagenen Zähnen.

*

Ich wuchs im Schatten des Riesenrads auf. Der Baby-Strich im Stuwerviertel, der rege *Sexual-Verkehr* am Praterstrich und der nahe Praterstern mit seinen heruntergekommenen Stundenhotels, halbseidenen Beiseln und traditionellen Huren-Cafés mit ehemals roten, abgewetzten Plüsch-Bänken und wackligen Stühlen schenkten mir ein Gefühl des Erwachsenseins. Lokale mit dem gewissen *Josephine Mutzenbacher* und *Irma la Douce- Flair*, wo noch Karten gespielt wurden oder ein Billardtisch das Interieur vervollständigte. Sie liehen mir während meiner Aufenthalte ein Gefühl persönlicher Freiheit. Als ich 1964 als siebzehnjähriger das Münstedt-Kino im Prater verließ, wollte ich kein Profi-Fuß-baller, Installateur oder hochbegabter Bankräuber mehr werden, sondern ein erfolgreicher Strizzi mit schönen Frauen an der Seite und einem Cadillac vor der Wohnungstür. Ja, ich wollte ein "Nestor" werden. Natürlich nicht ein Zahlender wie er, das gutmütige Dummerl, sondern eher ein harter Nehmer. Wie sich der kleine Fredi halt die rot beleuchtete Welt vorstellte...

Ist hat leider so: Mit siebzehn hat man noch Träume und da wachsen noch viele Bäume, die im Laufe des Lebens gerodet werden, in den noch blauen Himmel. Bald nach dem Kinobesuch kam ich in den Jugend-Knast und las in den folgenden neun Monaten fast täglich ein Buch. Nach vielen Biografien, historischen- und Abenteuerromanen musste ich sogar Bauernromane wie *Via Mala* oder Geschichten vom revolutionären *Waldbauernbuben* Peter Rosegger durchschmökern. Mich begeisterte fast alles, was mit Literatur in Zusammenhang stand. Sehr beeindruckt und ergriffen war ich, soweit ich mich erinnere, von Leon Uris *Exodus* über das Schicksal von Juden, die nach dem Krieg auf dem Schiff "Exodus" nach Israel geflüchtet sind. Dieses Werk, mit vielen tragischen Einzelschicksalen, las ich sogar, nachdem in meiner Einzelzelle das Licht abgedreht wurde und ein gelbes Scheinwerferlicht den Schatten der vergitterten Fenster auf dem Plafond zeichnete. Ich kletterte auf das schräge Fensterbrett aus Beton und las dort weiter.

Ich will noch einige Vorteile aufzählen, die Leser und Leserinnen genießen können:

Ein gefahrloses Entspannen auf einer gemütlichen Couch im Wohnzimmer, im kuscheligen Bett, aber auch an einem sonnigen Strand unter einem schattenspendenden Sonnenschirm. Natürlich kann man heutzutage als wissensbegieriger Krimineller einiges aus diversen Fachbüchern lernen. Wie über das Knacken von Türschlössern, wenn man nach der Entlassung als gelernter Schlüsseldienstler arbeiten will. Da gibt der selbsternannte "Einbrecherkönig" Ernst Stummer den wissbegierigen Lesern seines Buchs sicher einige seiner "Bruch-Geheimnisse" preis. Ob der Ernst in seinem Buch auch erklärt, was bei einigen Coups schief gelaufen ist und ihm rund dreißig Jahre Häfen einbrachte?

Er sammelte 30 Jahre Hafterfahrung und für die jahrelange Arbeit im Knast forderte Stummer sogar vor dem Europäischen Gerichtshof, dass seine "Häfen-Arbeitszeiten" in seinen Rentenansprüchen berücksichtigt werden. Erfolglos, aber er schaffte wenigstens ein paar Schlagzeilen in einigen Boulevard-Blättern und damit Gratis-Werbung für seinen *Einbrecherkönig*. Das Pech aber blieb ihm ein treuer Kumpel. Sein Plan, eine

"Häfen-Gewerkschaft" zu gründen, zerplatzte wie ein mit einer Luftpumpe aufgeblasenes Kondom.

Doch es gibt auch andere „Berufe" alternativ zum Einbrecherkönig. Vielleicht wäre der professionelle und sehr einträgliche Zuhälter-Job ein neues Betätigungsfeld für manche junge Herren? Dieser Traumjob ist fast wie die Matura oder ein gefragter Beruf durch ein sehr kurzes Fernstudium mit einem einzigen Buch erlernbar. Zumindest nach der Lektüre des 1978 erschienenen *Der Minus-Mann* vom inzwischen in der Unterwelt des Himmels gelandeten Autors Heinz Sobota. Mit etwas Willen wenigstens mal ein Buch fertig zu lesen kann sogar aus einem leicht dämlichen "Sugar-Boy", erfolglosen Burenwurst-Strizzi oder amateurhaften Wochenendgangster und Hobby-Strizzi einen echt selbstbewussten, egoistischen, narzisstischen, psychopathischen und professionellen Hurenausbeuter und "Master" machen. Aufmerksame und lernwillige Leser erfahren in dem Schmöker, wie man(n) mit faulen und arbeitsunwilligen Huren umgeht. Wie auch zickiger Nachwuchs richtig erzogen, gezähmt, bestraft und dressiert wird. Ein Sobota hätte Dank seines Talents sogar das Zeug in sich gehabt, ein erfolgreicher Katzen-Flüsterer zu werden, indem er den Kittys den vollen Fressnapf vorgesetzt, aber vorher das Maul zugeklebt hätte. Bis auch die eigensinnigste Katze devot und unterwürfig bei seinen stinkenden Füßen liegen und sich freuen würde, wenn ihr "Herr" (nicht Herrchen) ihr ein paar Happen billiges Trockenfutter zuwirft.

Aber da ich auch etwas egoistisch bin, empfehle ich Ihnen oder Dir lieber meine Bücher, die das Milieu und sich selbst nicht verherrlichen...

*

Bei Büchern kann man als Leser die "Kulissen" der Handlungen selbst kreieren, man kann den Hauptdarstellern ein Gesicht, den Haarschnitt und eine Figur mit oder ohne Bierbauch verpassen. Frauen ein Hausmütterchen-Image verpassen oder sich ein sexy Girl, vielleicht einen Typ wie Megan Fox, vorstellen. Bei mangelnder Phantasie kann man auch der eigenen Frau, ganz ohne Besetzungscouch, die Hauptrolle zuschanzen. Der Phantasie sind eben keine Grenzen gesetzt und auch eine Conchita Wurst hätte bei so manchem Leser sicher eine Chance. Bei Leserinnen weniger, vermute ich.

Wenn ich heute ausnahmsweise mal gähnend einen Krimi lese, wählt meine Phantasie bei der bildlichen Vorstellung von Fieslingen auch gerne derzeit sehr aktuelle Gestalten aus. Bei

Mördern steht die Physiognomie eines Vladimir Putin ziemlich an erster Stelle und sollte ich Giftmischerinnen oder schwarzen Witwen ein Gesicht verleihen, ist meine Favoritin eine gewisse Angela. Natürlich nicht die Angela aus dem 11er Haus in irgendeiner Stadt.

Als Kinobesucher kann man diese Überlegungen ausschalten- da wird dem Zuschauer ein sympathischer Hauptdarsteller präsentiert, der natürlich der "Gute" ist und sogar oft sein Leben einsetzt, um die Welt oder auch nur einzelne Menschen zu retten. Ich war früher auch ein James Bond-Fan. Ich kaufte mir wenige Tage nach dem zweiten James Bond-Film "Liebesgrüße aus Moskau" 1964 mit Sean Connery sogar eine digitale "Seiko-Uhr". Leider ohne die für den Super-Agenten eingebauten Raffinessen. 1973 übernahm Roger Moore die Rolle des zum Töten lizensierten Agenten. Ein großartiger Schauspieler, aber seine Agenten-Tätigkeit verfolgte ich mit einigen Jahren Verspätung nur im Fernsehen. Die weiteren Nachfolger ignorierte ich einfach. War doch fast jeder Streifen mit den Kämpfen von "Agenten-Titanen" identisch und für mich nicht einmal im TV sehenswert und vor dem Fernseher zu sitzen war ohnehin zu langweilig, weil ich kein Fan von Bier und Chips war und bin.

Mein letzter Kinobesuch fiel übrigens in das Jahr 1989 und mein letzter "Henkersfilm" war das hervorragende britische Lustspiel "Ein Fisch namens Wanda" mit einer phantastischen Besetzung. Ich glaube, meine "Henkers-Tüte" im Apollo-Kino bestand aus einem Sackerl Popcorn. Seit damals sah ich mir, wenn auch sehr selten, Filme nur mehr im Fernsehen an. Aber fast nur mehr Komödien, denn Tragödien hatte ich schon genug erlebt und auch am eigenen Leib verspürt und zu meinem Glück bin ich nicht an einer Überdosis Adrenalin gestorben.

Meine ehemaligen Lieblingsdarsteller wie Alain Delon, Jean Paul Belmondo, Burt Lancaster, Paul Newman, Marlon Brando, Gérard Depardieu, John Cleese, Michael Douglas oder Robert De Niro sind entweder fast vergessen, alt oder als Wurmfutter in einer Grube gelandet. Ebenso wie eine Romy Schneider, Catherine Deneuve, Marilyn Monroe, Faye Dunaway u.v.a. Ich will nicht weiter aufzählen, denn viele meiner jungen Leser*innen interessieren diese für sie unbekannten Personen gar nicht. Dafür kennen sie im Gegensatz zu mir die aktuellen "Superstars", die seit Jahren in diversen TV-Shows "gesucht" werden oder die jeweiligen "Dancing-Stars" oder "Dschungelkönig*innen"...

Jedermann ist nicht gleich „jeder Mann"

*Mein eben aus der Enge der Unterhose entwichener Furz wog
glatte Null Gramm-*
*für den nachfolgenden Darmausbruch hätte die Briefwaage nicht
gereicht.*
Freddy Ch. Rabak

Seit 1920 werden in Salzburg fast jedes Jahr feierlich die Fest-
spiele eröffnet. Eine der sehr schweren Aufgaben, welcher sich
Bundespräsident, Bundeskanzler und Gefolge stellen müssen,
sind die von Ghostwritern verfassten Reden. Natürlich stotterfrei
mit kleinen Pausen versehen, damit das werte Publikum den An-
sprachen auch seinen wertvollen Applaus spenden kann und
durch eine Großaufnahme im Fernsehen vielleicht sogar von Nei-
dern wahrgenommen wird. Ein sehr anstrengender Job der nicht
immer beliebtesten Staatsoberhäupter: Viele manikürte Hände
schütteln, Wangen-Bussi Bussi verteilen und lächelnd entgegen
nehmen. Das kann man ja auch als Arbeit bezeichnen. Die anwesenden, elitären und prominenten Ehren-Gäste, darunter auch so
manche von Chirurgen geschaffenen oder mit Botox aufgefrisch-
ten Schönheiten, werden in eine Festtags-Stimmung wie zu
Weihnachten versetzt. Das ist leicht zu arrangieren, denn Ehren-

gäste zahlen für ihre reservierten Plätze keinen Cent. Dafür blecht der Fernseh-Zuschauer im trauten Heim...

Ein fixer Bestandteil und ein besonderer Höhepunkt des Star-Rummels ist seit 1920 die Freiluft-Aufführung von "Jedermann-Das Spiel vom Sterben des reichen Mannes" am Domplatz.

Die besten Sitzplätze, besonders in der ersten Reihe, erhaschen selbstverständlich nur Reiche, ein paar halbwegs Reiche und auch Promis. Also einfache "Jedermänner", die auf den Bahamas, in Hollywood, Monaco, St. Tropez, Cannes, St. Moritz, auf diversen Privat-Inseln (und früher sogar in Velden am Wörthersee) ihre Partys und Orgien feiern. Natürlich in Palästen, traumhaften Suiten von Spitzenhotels, auf Jachten oder in mondänen Clubs und eigenen Liegenschaften.

Auch ich spielte mal auf Bühnen oder vor Altären einen reichen Buben. In einem scheinbar gecoverten "Leben und Sterben eines reichen Mannes". Das Stück hieß "In Ewigkeit Amen". Wir tingelten als kleine Truppe durch zahlreiche Kirchen, Pfarren und katholische Internate.

Der schwarzgewandete Tod, den mein Onkel Kurt verkörperte, zeigte dem todgeweihten Reichen wie er als Kind brav und fromm war. Nachdem mich der Tod unter seinem Umhang in die Handlung holte, betete ich vor dem Altar laut ein "Vater unser" und mein Onkel holte nach mir meine Mutter, welche die Mutter des Todgeweihten spielte und ihm seine schlechten Sitten, Völlerein und unsittliche Gebräuche vorwarf. Danach meinen Vater, der den ehemaligen, vorwurfsvollen Beichtvater spielte, und schlußendlich die aus Gram verstorbene Frau des reichen Mannes. Sie verkörperte seine reale Frau, die er stets betrogen hatte. Am bitteren Ende griff der Tod nach der Brust des reichen Mannes, also von Darsteller Alexander Bisenz, der wirklich nicht reich war, aber oscarreif zusammenbrach und für den Moment starb...

Einige Jahre später besuchte ihn der Tod ohne Schminke, ohne scharfe Sense und schwarzen Umhang. Mein Onkel meinte dazu: „I woars net!"

Doch der Tod ist nun mal viel härter als ein unmenschlicher Serien- oder Massenmörder. Vielleicht sollte der Gevatter mal einen „Werte- oder Benimm Dich-Kurs" besuchen? Er kommt ja immer ungeniert zum falschen Zeitpunkt und auch ohne augenzwinkernde Regieanweisung von ganz oben. Der Herr (er wurde noch nicht gegendert) folgt unbeirrt seinem eigenen Drehbuch über jedes einzelne Lebewesen auf Erden. Sogar über das ganze Universum, denn auch Galaxien, Sonnen und Planeten sterben.

Vielleicht sollte man mal den Lebemann „Jedermann" in einem ganz andern, nämlich erotisch-roten Licht erscheinen lassen? Ich stelle mir- weder eingekifft noch betrunken- nachfolgende, neuzeitliche Inszenierung vor, trotz des Risikos, dass das inzwischen total abgenagte Skelett Hugo von Hofmannsthal`s im Grab einen sehr staubigen Todestanz aufführen würde:

Für meine Inszenierung wäre der Domplatz als Freiluftbühne natürlich nicht geeignet. Der Papst samt sämtlicher Kardinäle und Bischöfe würden vielleicht sogar in einen Segen-Streik treten. Aber sicher in keinen Hungerstreik. Doch ein Platzerl, vielleicht auf einer Wiese vor einem Laufhaus, ließe sich im schönen Salzburg sicher finden.

Ich stelle mir eine ganz andere, revolutionäre Kulisse für das Stück vom kurzweiligen Sterben eines Industriellen vor: Ein feudaler, roter Saloon, im Hintergrund eine exklusive Bar mit einigen luftig bekleideten Mädchen auf den Bar-Hockern. In der Mitte des Lust-Zentrums ein großes, französisches und bei jeder Bewegung glucksendes Wasserbett, auf dem sich die Buhlschaft in sexy-Unterwäsche räkelt.

Statt edlen Fake-Weinen und diversen Leckereien aus Kunststoff sollten Whisky (Tee), Wodka (Wasser) und andere, scheinbar hochprozentige Spirituosen einem großen Tisch etwas Spirit verleihen. Sollte ich Red Bull als Sponsor gewinnen, dann werden natürlich auch ein paar Dosen dazwischen platziert werden. Auf einem kleineren Tischchen mit Spiegeloberfläche türmt sich, gespickt mit goldenen Röhrchen, ein kleiner "Schneeberg" (natürlich Staubzucker). Ein in der Handlung kontinuierlich "schmelzender Schneeberg", aber nicht wegen des Klimawandels.

Der dicke und der dünne Vetter sollten in Fetisch-Kleidung auftreten. Der Dicke in hautengem Latex und der Dünne in schwarzem Leder als Master.

An dem Text der handelnden Personen wird gerade gearbeitet, aber der wird, wie beim Original vom Domplatz, eher nebensächlich sein.

Inzwischen rufen einige Rufer, nackte Exhibitionisten, von einigen Dächern laut und abwechselnd „Jeeeeedermaaaann" und lüften dazwischen stets ihre langen Mäntel.

Da erscheint endlich der sichtbar sexuell erregte Tod. Er würde ja gerne mitmachen, aber Dienst ist Dienst und sterben ist eben sterben. Statt der üblichen Sense trägt er einen Riesen-Dildo in seiner knöchernen Hand. Er sagt zu dem Erschrockenen, höflich wie er ist, dass es Zeit für ihn wäre, zu gehen. Jedermann, gerade auf der Buhlschaft liegend, fleht ihn um einen letzten Orgasmus an. Der Tod nickt verständnisvoll, schnappt sich ein Röhrchen und räumt mit einem tiefen Zug den letzten Schnee weg.

Dann hört man nur mehr einen brunftigen Schrei des reichen Mannes und er rollt tot von seiner stöhnenden Gespielin. Danach ist es still, nur das Plätschern des Wasserbetts ist zu vernehmen.

Die männlichen Gäste der Orgie erleben einen Penis-Schock und ihre Zumpferln fallen reihenweise um- denn zukünftig müssen sie sich ihre geilen Partys selbst arrangieren und auch bezahlen...

PS: Das p.t.Publikum darf anschließend nicht nur applaudieren, sondern bei der *After-Sex-Party* natürlich mitmachen (Koks, Präservative und einige Scheinchen für die unterbezahlten Mitwirkenden sollten sie aber mitbringen). Das nennt man sein Publikum in die Handlung einzubeziehen. Auch der Tod, ein Porno-Star, macht natürlich mit.

Die Weisheit von der G'schicht:

Ein Leben kann man beenden,
Lust, Geilheit und Perversion nicht.

Freddy Ch. Rabak

Auch Knackis können lustig sein

Der Große Wagen leuchtet am pechschwarzen Himmel. Werde ihn mal probefahren und hinter dem Kleinen Wagen einparken. Freddy Ch. Rabak

Zumindest in den 60/70ern gab es noch eine Art von Wiener "Häfen-Humor". Besonders frisch in den Knast importierte erstmalige U-Häftlinge waren oft ein gefundenes "Fressen" für die "ausgebratenen" Häfenbrüder und erfahrenen Ganoven, um der grau/schwarzen Tristesse des Häfen-Alltags wenigstens in Gedanken kurz zu entfliehen.

Als ich 1964 in der Wanzenburg, bzw. "Rüdenburg", dem Jugendgericht in der Rüdengasse, einsaß- damals war u.a. der spätere Steinausbrecher Alfred Nejedly mein Zellengenosse-, versuchten wir Häftlinge, uns nicht nur mit selbst angefertigten Spielkarten aus bemaltem Karton (bei diversen Zellenfilzen wurden sie, wie auch selbstgebastelte Tätöwier-Bestecke, natürlich konfisziert) die Zeit zu vertreiben. Damals gab es auch noch keine Fernseher im Häfen und wer von uns "Haflingern" wollte schon DKT oder "Mensch ärgere Dich nicht" spielen, wo doch jeder über sich selbst, die Polizei, Zeugen, das Gefängnis und den vorgesetzten Fraß aus dem Schekel, also Blechnapf, genug verärgert war.

So passierte es bei etwas naiven Erstmaligen, dass wir ihnen die Hausordnung erklärten. Danach müssten die Neuzugänge am Abend, wenn die "Kas" vor dem Einschluß ihre "Schäfchen" zählten, als "Feuerwache" dem Beamten in strammer Haltung die Meldung erstatten, dass die Feuerwache wachen würde. Adjustiert im Nachthemd, mit einem Kübel Wasser an der einen und dem Besen, über dem ein feuchter "Ausreibfetzen" (Wischtuch) hing, auf der anderen Seite.

Wenn der "Neue" seine Meldung erstattet hatte, lachten nicht nur wir, sondern auch die jeweiligen Beamten.

Ein „Ausgebratener", der sich naiv stellte, stand vor der Tür, als ob er bereits auf den "Kas" warten würde. Als sich ein grinsender Mithäftling im Bett einen Tschick anrauchte, bekam er eine erfrischende Dusche und sein Grinsen wurde zu einer Grimasse.

Der "Feuerwächter" grinste und sagte: "Ich schiebe ja die Feuerwache und muss Feuer löschen". Da er auch ein bulliger Typ war, schwieg der Begossene und verlegte seine Schlafstätte auf ein leeres Stockbett. Weil es über 20° im Haftraum hatte, konnte er hoffen, dass sein Nachthemd und die Wäsche bis zum nächsten Morgen wieder trocken sind.

Spaß bereitete es auch, wenn wir den "Greenhorns" die Vorteile der "Sprungkarte" erklärten, die jeder Häftling einmal im Monat beanspruchen könne. Wenn man z.b. Mal aus sexueller Not die erste Hilfe einer Prostituierten benötigte, könnte man dies dem Direktor schreiben und eine dringliche Sprungkarte für einen Tag beantragen.

Dabei schilderten wir, wie es uns beim letzten Puff-Ausgang ergangen ist, welchen Spaß wir im Puff hatten und dass wir so bald wie möglich wieder eine Karte beantragen würden.

Aber springen durften nur jene sportlichen Typen, die im oberen Teil eines Stockbettes lagen. Heute, in Zeiten gemütlicher Kuschelzellen, in denen man zwar keine Huren, dafür aber Ehefrauen oder Lebensgefährtinnen empfangen kann und die für ein paar Stunden zur "freien Verfügung" stehen, ist so etwas natürlich kein "Häkel".

PS: Früher machte ich mir keine Gedanken über den wahren Ursprung von Sprungkarten, die von Nazis erfunden wurden.

PPS: Nicht von den Schweizern, die bekanntlich Käsesorten, Schokoladen, teure Uhren, Hundeschmalz als "Heilmittel" und ein etwas eigenartiges, aber fleißig beworbenes Kräuterbonbon erfunden haben.

Sprung-Karten wurden in Konzentrationslagern von der SS für kooperative, aber nur nichtjüdische Häftlinge für einen Besuch im Lagerbordell ausgestellt.

1997 im Haas-Haus (zweiter von rechts) bei der hochkarätig besetzten ORF-Sendung "Zur Sache". Es ging um Drogen (Foto: ORF). Diskussionsleiter: Peter Rabl

Im "groovigen" Jugend-Musik-Magazin „CHELSEA'S CHOICE" eine 3-Seiten-Story von Markus Putz, der auch das Cover dieses Buches gestaltete.
https://www.chelseaschoice.at

Nicht immer besoffene G`schichten...

Da ich keine Sterne am mit Wolken verhangenen Himmel sehe, klopfe ich mir nun eine auf den Schädel und- sie erscheinen!
Freddy Ch. Rabak

„Besoffene Geschichten" habe ich in meiner „Laufbahn" rund um rote Laternen, in Bars und Beiseln, zwischen mehr oder auch weniger geilen Weibern und nicht angeschraubten, am Boden liegenden Barhockern in Hülle und Fülle erlebt. Zumeist floss bei diversen "Wickeln" mit Promille angereichertes Blut ins Rinnsäul, wie es schon Ambros über den Hofer besang. Aber es war nicht sehr makaber, ich sah nur einmal einen Kadaver, der von einer Schrotladung zerfetzt bereits mit Packpapier zugedeckt am Boden lag.

Oft begann das Unheil damit, dass irgendwer respektlos etwas über einen Konkurrenten erzählte, was er über den gehört hatte. Und wie es das verflixte und bösartige "Tratsch-Teufelchen" will, bekam es oft auch derjenige zu hören, über den übel geredet wurde. Nicht selten mit dem Beisatz versehen "Von mir hast es aber nicht erfahren". Der Tatbestand der "üblen Nachrede" ist in Österreich nach §111 StGB sogar strafbar.

Da in der Unterwelt der eherne Grundsatz "Wir werden kan

Richter brauchen" zu den Standardsätzen gehört, war der Beleidigte oft Richter und Staatsanwalt, manchmal auch Henker in einer Person. Da galt nicht einmal der bei Anwälten beliebte "Vollrausch" als Milderungsgrund und eine blutige Strafe sollte "Nachahmungstäter" abschrecken. Durch "Mund zu Mund"- Propaganda sollten harte Bestrafungen ihre Runde am Gürtel bis in den Prater machen. Bequem von zu Hause am PC teilen konnte man solche abschreckenden "Strafexpeditionen" früher nicht, denn damals gab es ja noch keine Smartphones und auch kein Facebook oder Twitter.

Ein paar Cola-Weinbrand, mehrere Flaschen Bier oder auch einige Gläser teurerer Spirituosen machten aus Einzelgängern und Herdenmenschen potentielle Anführer, wenn auch ohne Rudel, das ihnen folgt. Sie waren meist schon zufrieden, wenn es die "Alte" tat. Sie wollten aber "Wer sein", besonders nach ein paar Abfahrten auf weißen Pisten. Man muss nicht immer ein Kraftstudio besuchen, um sich schnell Muskeln anzutrainieren, denn Mut und Muskeln wuchsen mit den eben beschriebenen Trainingsmethoden sogar binnen weniger Minuten. Viele Zwergerln und Ghandis wurden so zu einem wahren Terminator. Manchmal auch ich...

Natürlich ging es in erster Linie um Schulden, die nicht bezahlt wurden oder um "vollfette", aber zumeist schlanke Mädels, die ein Kollege (heute eher "Kollega oder "Brudi") angemacht hatte. Damals sagte man halt nicht "ich ficke deine Mutter, Vater etc.", sondern das sehr beliebte "I blos dem Woarmen des Hirn ausse" oder "I stich die woarme Sau oh". Das sagten auch gestandene und harte Ganoven, die im Häfen mal gerne einen jungen "Buben" lieb fanden. Als "Warmer" (Schwuler) bezeichnet zu werden war übrigens eine der schlimmsten Beleidigungen im Milieu.

Aber manchmal machten auch "Warme" einen "Coolen" kalt...

Viele besoffene, aber auch nüchterne Bewaffnete suchten ihre Erzfeinde, Querbrater, Unsympathler oder Schuldner! Man suchte sich oft gegenseitig im selben Bezirk oder Grätzel und fand sich "zufällig" nicht. Diese Suchereien waren nämlich oft nur ein Show-Element und keiner der Suchenden oder Gesuchten verlor das Gesicht. Hauptsache, man suchte den Kontrahenten in seinem Stammlokal, wo er natürlich gerade nicht anwesend war, aber gleichzeitig "suchte" oft der Gesuchte den Sucher in dessen Stammlokal...

Man traf sich dann irgendwann, oft mit seiner Lebensversicherung, einer Kanone, und zumeist war nach einem Gespräch alles wieder geregelt. Keiner hatte wirklich "das Gesicht und die Reputation verloren" und das Leben abseits von Gerichten ging weiter.

So erging es mir einmal mit meinem ehemaligen Freund Robert Seslacek. Gefürchteter Schläger, Saugerl am Stoß, Strizzi, Bankräuber und Polizistenmörder. Nach einem "Wickel" trafen wir uns zu einer Aussprache im neutralen Café Magistrat auf der Taborstraße. Beide die Hand am Griff unserer Waffen. Die Freundschaft war beendet, aber auch die Feindschaft.

Öfters hatten unschuldige Unbeteiligte wegen einer blöden „Meldung" weniger Glück und kamen zum „Faustkuss". Es waren oft Bauernopfer, von denen der "gehobene" Unterweltler keine Revanche fürchten musste und die nach der "Trainingseinheit" sogar dankbar waren, dass sie nur mit einem blauen Auge davongekommen sind und der kriminelle "Oberschichtler" nicht mit seinen Bugeln oder einer Waffe den „Argumenten" gegen die gesellschaftliche „Unterschicht" Nachdruck verlieh.

Ich war auch mal sehr überrascht, als einmal ein ziemlich durchtrainierter Bursche, der die täglichen Einnahmen seiner nicht besonders gut aussehenden Alten versoff, meine Frau Karin anflog. Mich überraschte auch, dass er sich artig am Eck Ausstellungsstraße-Venediger Au vor mir niederkniete und am Lauf meiner 357er Magnum lutschte. Als Gutmensch habe ich ihm nach seiner sehr glaubwürdig, aber durch seinen "zu voll genommenen Mund" nicht ganz verständlich klingenden Entschuldigung doch vergeben.

In modernen Zeiten, wo oft Messer Forderungen unterstreichen, würde man vielleicht "Hey Alter, Respekt" hören und der Respektlose würde sogar "etwas" gemessert werden! Natürlich ohne Tötungs-Absicht...

Nachträglich glaube ich, viel Glück gehabt zu haben. Sehr viele Freunde und Bekannte starben, wurden zu Krüppeln, brachten sich um oder vergammelten im Knast.

Als junger Bursche war ich auch stets bewaffnet und kannte persönlich wenige Waffenträger, die ihre Waffe nicht benützten. Aber Messer trug ich nie, ich hasste diese heimtückische Waffe.

Einmal schoß ich auf einen Menschen. Alkohol war mein Auftraggeber und meine belgische FN 9 mm das vollstreckende Organ. Mit steigendem Alkohol- oder Drogengenuß wird eben der Gehirntank leer und die Nervenbahnen defekt. Ein Beispiel:

Der Ex-Legionär und im Milieu gefürchtete Unterweltler Rudolf S. hatte nach einem Streit mit seiner Lebensgefährtin im Vollrausch einem wildfremden Gast in einem Lokal in Favoriten seine Pistole an den Kopf gehalten und abgedrückt. Die Frage: "Warum schaust so blöd?" wurde nicht mehr beantwortet. Der Mann überlebte zwar, ist aber seit dem "Unfall" an den Rollstuhl gefesselt und blind.

Rudi war ein Ehrenmann, trainierte täglich und war am Gürtel wie auch im Stuwerviertel zu Hause. Er war ein sehr sympathischer Mann mit einem Ehrenkodex im Herzen.

Als ich Rudolf Sepron im Jahre 95 nach langer Zeit zufällig im Landesgericht traf, war er überaus optimistisch, was die Folgen seiner Tat betraf. Für S. war es eine Tat im "Zustand voller Berauschung" und dafür beträgt der Strafrahmen maximal drei Jahre.

"De wearn olle blöd schau´n, waunn i boild z´Haus geh!" sagte er zu mir, als ich ihn 1995, da war ich drei Tage in U-Haft, kurz im Zellentrakt traf. Wir begrüßten uns freundlich und er meinte mit einem breiten Grinsen im kantigen Gesicht "Mei Oilte glaubt, i kriag den Frack! Die wird sich wundern. Ich krieg maximal drei Jahre wegen Vollberauschung."

Zwei Tage später, auf dem Weg zu seiner Verhandlung, traf ich den Optimisten noch einmal am Flur und wünschte ihm viel Glück. Ich kannte nicht das Motiv und das Opfer, sondern ihn. Aber er hatte einen schweren Fehler gemacht. In seinen ersten Aussagen vor der Polizei hatte er sich an Fragmente seiner sinnlosen Tat erinnert, an das Vor- und Nachher, und diese Aussage zwang ihn in den engen Frack, obwohl er keinen

Opernballbesuch plante. Bei einer „vollen Berauschung" darf sich der Täter nicht einmal an Fragmente seiner Tat erinnern.

Niemand schaute "blöd" außer ihm, als er praktisch "abgetötet" wurde...

Schon im Jahre 59 stand Sepron unter Verdacht, einen Taxler ermordet zu haben. Fünfzehn Jahre ermittelte die Polizei erfolglos gegen ihn, bis Rudi seinem in Haft befindlichen Freund, dem "Panzerknacker" Roland Besizinski, die Frau wegschnappte. Eine besondere Frau, die trotz 10 Jahre Knast zu Roland hielt und sich um ihn kümmerte. Als Besizinski entlassen wurde, wechselte seine Frau die "Tapeten" und prompt wurde der "Steher" Sepron 1978 für fast ein Jahr in U-Haft genommen, da sich anonyme Hinweise in dem Cold Case Taxlermord häuften. Natürlich von Roland gestreut.

Dazu meint der ehemalige Kriminalist Hofrat Dr. Max Edelbacher, daß Rudolf S. damals absichtlich falsch beschuldigt wurde. Vielleicht hatten die beiden doch noch eine Gelegenheit zu einer Aussprache, da Besizinski, einer der letzten "Schrankler" Österreichs, dessen "Hocken" oft fettgedruckt auf den ersten Seiten der Boulevardpresse prangten, wieder einmal in Haft war. Als ihn ein Bulle als Haschischhändler am Naschmarkt beobachtete und verhaften wollte, merkte der damals schon etwas ältere, vielleicht schon schwerhörige und altersbedingt schlecht sehende Herr Roland nicht, daß sich der Polizist an sein Flucht-Auto klammerte und eigentlich gar nicht mitgeschliffen werden wollte. Besonders bei einem Blitzstart. Jedenfalls ein rasanter Abstieg vom ehemaligen "König der Panzerknacker" zum Klein-Dealer am Nachmarkt.

Besizinski, ein Ganove des alten Schlags, den der „Gangster-Nachwuchs" kaum noch kennt (aber die kennen auch den Oscar Wilde oder den derzeitigen Unterrichtsminister nicht), und Sepron- zwei Todfeinde, aber eine aussterbende Gattung, wenn sie nicht eh` schon (aus-) gestorben ist.

PS: Die Familiennamen wurden verändert...

Aus dem Schlaf gerissen...

Eine Botschaft an den Leidensgenossen Peter Maffay: Ich wollte auch nie erwachsen sein!
Freddy Ch. Rabak

Der kleine Hansi, seine Freunde und Bekannten riefen ihn "Richi", war ein großer Sex-Allrounder. Seine hübsche 18jährige Freundin ließ er in Separees von Wiener Clubs als Wanderhure ficken, aber er bot zahlungskräftigen Kunden auch seinen Arsch an. Der fesche Bursch war ein von Talent-Scouts unentdeckter Richard Gere-Verschnitt und er verdiente auch mal mehr als seine Puppe Rosmarie.

Rosmarie war ein bezauberndes, bildhübsches Dummchen, das sogar bei ihrer Laufkundschaft im Puff damit "prahlte", dass sie "gelernte Kosmetikerin und Friseurin" sei. Sie liebte es, sich fast täglich in der Wanne zu rasieren. Sie wusste ja, auf was Männer besonders bei Kindfrauen stehen, damit auch bei ihnen etwas steht. Ihre Pfirsichhaut ölte sie nach dem Baden stets mit nativem Olivenöl extra ein und das wussten viele Stammkunden sehr zu schätzen.

Aber sie hatte in letzter Zeit Sorgen, einen warmen Eislutscher in den Mund zu nehmen, an dem schon wer anderer gelutscht hatte.

Besonders, seit Richie eine etwas festere Beziehung zu einem vermögenden Schweizer hatte und öfter mal nach Zürich auf einen kurzen Hausbesuch reiste .

Es passte ihr überhaupt nicht, dass ihr Habschi in diversen Schwulen-Treffs verkehrte. Nicht nur als Gast, sondern auch in den kleinen Kämmerchen dort. Eines Tages dachte sie an ihre Zukunft und beschloß, sich von dem Schönling zu trennen.

In einem Gürtel-Café traf sie zufällig einen Strizzi, der sie in eine Disco einlud. Dort saß sie bald nicht mehr auf der gepolsterten Sitzbank, sondern am Schoß des Strizzis, nennen wir ihn aus Gründen des Datenschutzes mal Freddy, der bald erfuhr, dass sie "gelernte Kosmetikerin und Friseurin" sei.

Rosi war zumindest zwei Jahre lang so etwas wie glücklich. Sie wurde am Strich respektiert, Freddy erfüllte ihr jeden erfüllbaren Wunsch, sie hatte ein eigenes Konto, ein Sparbuch, Schmuck und eine schöne Wohnung, die sie stets sauber und schön hielt.

So lief es, bis sie eines Tages erfuhr, dass sich ihr Ex-Freund Richie das Leben genommen hatte. Sie war erschüttert, hatte sie doch noch vor wenigen Monaten auf der Toilette einer Disco, die sie mal allein besucht hatte, mit ihm einen Quicky. Sie hatte es Freddy sogar "gebeichtet", doch der wurde nur geil, schmiß sie aufs Bett und ließ sich während der Fickerei genau erzählen, wie sie es mit Richie getrieben hatte. Dazwischen hielt er sich und auch ihr mehrmals ein kleines, gut gekühltes Fläschchen *Poppers an ein Nasenloch und gierig zogen beide den nicht unangenehm riechenden Stoff, der binnen weniger Sekunden der schon ausufernden Geilheit zusätzlich einen perversen Turbo verschaffte. Als beide zum Höhepunkt kamen und Freddy sich erschöpft und schwitzend von ihr löste, griff Rosi plötzlich nach Freddys Revolver auf dem Nachtkästchen und schoß sich in den Kopf.

Blut spritzte und Freddy schrie so sehr auf, dass ich abrupt erwachte und mich im Bett aufrichtete. Verwirrt durch den lauten Schrei und Knall des Schusses, aber mit einer Latte, die mitten in der Nacht, also Mitternacht, wahrlich keine Morgenlatte war.

Ich schüttelte meinen Kopf, griff nach einem Glas Wasser und dachte: Wie konnte aus einem schönen Traum plötzlich ein Albtraum werden? Eine Rosmarie gab es in meinem Leben vor langer Zeit und auch den kleinen Hansi alias Richie.

Ich hatte ihn ein paar Tage nach seinem Disco-Quickie mit meiner Alten in seinem Stammlokal, einer warmen, auch im Winter stets übertemperierten Stricher-Bar am Naschmarkt, aufgesucht und ihm vor seinen "Arbeitskollegen" eine Ohrfeige verpasst. Eine leichte „Watsche", die man im „Notfall" auch

52

frechen, quietschenden, hyperaktiven und unfolgsamen Zappel-Bangerten, die an ADHS leiden, mal verabreichen sollte.

Oder war alles nur ein Traum und ich habe mir die Beziehung mit Rosi nur eingebildet? Vielleicht existiere ich gar nicht und bin sogar Teil einer nicht gerade schönen Traumwelt, wenn auch nicht als Traummann? Werde mal in ein Traumbuch schauen oder vielleicht sogar eine Traumdeuterin und Hellseherin mit halbwegs guten Deutsch-Kenntnissen aufsuchen...

*Poppers

Poppers ist der Sammelbegriff für Substanzen auf Nitritbasis wie Amylnitrit, Butylnitrit oder Isobutylnitrit mit anderen Zusätzen wie Aromen. Sie werden zur Gruppe der Schnüffelstoffe gezählt und werden unter Produktnamen wie Rush, Rave, Hardware, etc. in Sexshops oder übers Internet vertrieben. Poppers sind flüchtige Flüssigkeiten (gelblich braun) mit fruchtigem Geruch, die aus der Flasche heraus inhaliert werden, aber keinesfalls getrunken werden dürfen (Lebensgefahr!).

Die Wirkung von Poppers setzt sofort nach dem Inhalieren ein, hält ca. 3-5 Minuten an und es kommt zum Abbau von Hemmungen und zur Luststeigerung beim Sex. Manche KonsumentInnen berichten von einem Gefühl der Zeitlosigkeit und einem völligen

Untertauchen im Augenblick des Erlebens. Schöne Momente, bei denen es aber nicht bleibt. Es kann auch zu sehr unangenehmen und sogar tödlichen Nebenwirkungen kommen: U.a. zu einer psychischen Abhängigkeit oder Schlaganfällen. Bei mir befindet sich der "Stoff" seit mehr als 20 Jahren auf dem gleichen Index wie Kokain, Amphetamin, u.a. harte Drogen. Bier, Kaffee und Zigaretten konsumiere ich Trotzkopf, gut dosiert, aber weiter.

Furzen, pupsen, scheißen oder „afoch an Schas lossen"

Betrunken ist besser als ertrunken...

Freddy Ch. Rabak

Jeden von uns "trifft" es. Sogar mehrmals am Tag und auch in der Nacht: Mal einen so richtig "fahren" zu lassen. Einen? Aber nein, der Durchschnittsmensch, der nicht immer Bohnen oder Schweinefleisch (fr)isst und seine Nahrung gut kaut (ist doch auch halb verdaut) pupst ca. 10 Mal am Tag. Einige aus- oder eingebildete "Schas- Experten" meinen, erst ab 20 Furzen wird es bedenklich. Für wen eigentlich? Für den "Absender" oder "Empfänger"?

Man stelle sich vor, mal einen schönen Opernabend in der Metropolitan Oper in New York verbringen zu wollen. Das Haus bietet ca. 4000 BesucherInnen Platz. Dazu das Ensemble, MaskenbildnerInnen, das Orchester, Bühnenarbeiter, PlatzanweiserInnen und anderes Personal wie Klofrauen. Also einige hundert Leute, die für einen reibungslosen und entspannten Abend für (ein-)gebildete Besucher sorgen.

Für Richard Wagner-Liebhaber (waren auch Hitler und sein Gefolge) ist der „Ring des Nibelungen" ein besonderer musikalischer Leckerbissen. Anderen Liebhabern der etwas leichteren klassischen Musik wäre es aber die längste Opern-Qual seit es Musiktheater gibt. 16 Stunden Wagner an vier Tagen! Allein der Gedanke, jeden dieser Tage ca. vier Stunden in engen, harten Sitzen eingequetscht zu sein, erzeugt Gase in meinem Dickdarm. Sogar eine Gratis-Eintrittskarte würde einen ordentlichen Pups zur Flucht aus den Arschbacken bewegen! Wenn ich mir schon über scheißen, pinkeln, furzen und später auch rülpsen Gedanken mache, dann auch über folgendes: Was wird da alles von ca. 4500 Menschen in einem geschlossenen Raum in der Atemluft endgelagert? Die gemischten Düfte von hunderten verschiedener Parfums, Shampoos, Rasierwasser, Achselsprays etc. Dazu die Mund-,Achsel- und Fuß-Gerüche. Als Krönung eines langen Abends auch noch tausende Pups mit verschiedenen, aber natürlichen „Geruchs-Aromen"! Da könnte man fast summen: "Hinter meiner, vorder meiner, links recht furzens, ober meiner unter meiner riech ich's nicht". Sang übrigens, etwas anders, in den 70ern der Maler und Sänger Arik Brauer recht erfolgreich.

So manche Opern- (aber auch Kino-, Theater-, Vorträge-) BesucherInnen werden Sitznachbarn kurz und mit hochgezogener Augenbraue verleumderisch, beschuldigend und auch bestrafend ansehen. Eine sehr beliebte Taktik, um den „schwarzen Peter", die „Arschkarte", gleich „weiterzugeben". Natürlich so auffällig, dass zumindest die Menschen hinter einem selbst diesen entrüsteten Blick auch bemerken und ihn bei „Not im Bauch" auch selbst anwenden, wenn dem eigenen Schas ein erfolgreicher Fluchtversuch aus dem Arsch gelingt. Denn auch, wenn der Popo sehr sexy wirkt- der Geruch kennt keine derartigen Unterschiede. Ähnlich geht es auf Arbeitsplätzen, in Lokalen oder in den Öffis zu, weil Furze ja keinen Absender haben, keine DNA hinterlassen und die „Empfänger" willkürlich auswählen.

Sogar die süßen Kinder in der Schule kennen schon diesen Schmäh! Und auch Kinder-Furze riechen nicht gerade nach süßer Schokolade. Auch, wenn ein Schas mit etwas Beigabe schokoladenfarbene Beistriche in der Unterhose verursachen kann. Früher einmal, in der nicht unbedingt "guten alten Zeit", sah man gewisse Furz-, Pinkel- und Scheiß-Gewohnheiten etwas lässiger und natürlich Gottgegeben. Weil ich gerade Gott erwähnt habe: Furzte auch Gottes Sohn? Oder: Wohin schissen und pinkelten wohl Jesus und seine Jünger beim letzten Abendmahl? Kein Klo-Experte, Historiker oder Theologe hat diese Fragen, die noch niemand außer mir gestellt hat, beantwortet. Fast jeder kennt das herrliche Schloss von Versailles. Sehr, sehr viele nur vom „Hörensagen" oder aus Fotos und Dokumentationen. Das

Schloss war eigentlich ein riesengroßes Scheißhaus und Pissoir und es stank dort wie in einer Kloake. Man schiss und pinkelte nach Belieben dort, wo sich vielleicht schon ein Häufchen befand...

Bei den sich oft über Tage hinziehenden Völlereien an den nicht gerade blank geputzten Tafeln (damals gab es noch keinen "Meister Proper", kein dreilagiges, weiches Klopapier und natürlich fast keine Toiletten, Bidets oder Badezimmer) entleerten sich die adeligen Säufer und Fresser nämlich mal schnell in den zahlreich vorhandenen Ecken der Säle. Diener ohne Nasenklammern und Einweg-Handschuhe wischten die Brunze auf und sammelten die Exkremente ein. Aber auch in Wohnungen oder Schulen gab es keine Toiletten, dafür aber mit Wasser gefüllte Eimer. Zur Entsorgung diente das Fenster zur Straße. Es empfahl sich damals, auch bei Sonnenschein mit aufgespannten Regenschirmen unterwegs zu sein...

Wir sehen oft die Ausverkaufs-Botschaft in Auslagen „Alles muss raus". Natürlich müssen auch diese streng riechenden Gase aus Ihnen raus. Aber halten Sie es bei Besuchen von lieben Gästen nicht wie Martin Luther und sagen Sie nach dem Essen nur nicht diesen historischen Satz: "Warum rülpset und furzet ihr nicht, hat es euch nicht geschmecket?" Es könnte, zum Glück aller Anwesenden, auch folgendes eintreten: "Aus einem verzagten Arsch fährt kein fröhlicher Schas."

Mit einem „Gut Furz" verabschiede ich mich bis zur nächsten Story.

Die Lilioms sind (schein-) tot

Egal zu welcher Uhrzeit- das „Teuferl" schläft nie!

Freddy Ch. Rabak

Nicht nur der von Ferenc Molnár erdachte Strizzi, Kleinkriminelle und "Hutschenschleuderer" befindet sich im Fegefeuer (manche "Hochwürden" würden ihn der Hölle zuteilen), auch viele ehemalige Protagonisten und Schlagzeilen-Stürmer der früheren "Galeristen-Szene". Nicht wenige der vermeintlichen Unterwelts-Größen haben zu Lebzeiten ihr eigenes Grab geschaufelt. Nicht nur in Wien, Berlin oder Hamburg. Aber ganz tot und begraben ist der kulturelle "Liliom" doch noch nicht. Molnárs Stück wird immer wieder aufgeführt und in der Engerthstraße ist ein typisches Wiener Beisel nach ihm benannt und die Wirtin, ihr Personal und natürlich die Gäste unterhalten sich noch immer auf "Prater-Deutsch".

Eine sarkastische Betrachtung...

Liebe EU! STOPPT endlich den sexuellen Missbrauch von Salat-Gurken!

Freddy Ch. Rabak

...der neuen, nicht besonders ehrenwerten Clan- und Gang-Gesellschaft: Die Unterwelt ist sehr multikulturell und viel bunter geworden! Statt Rotlicht beherrscht Blaulicht das nächtliche Wien. Rotes Blut, das aus Wunden fließt und blaue Augen prägen ein Wien, das sich manche Politiker nicht schlechtreden lassen wollen...

Tschetschenen (also "Russen"), Albaner, Männer aus dem ehemaligen Jugoslawien und aus allen Teilen Afrikas und des fernen und nahen Ostens sind nicht erst seit heute die "Kapazunder", "Macher" und Bosse der heutigen Wiener Unterwelt. Historische Originale wie Wiener Strizzis, Mutzenbacherinnen, Karten-Dippler, Stoßspieler, Prater- und Peitscherlbuam sind ausgestorben oder genießen ihre Mindestsicherung...

Die modernen Menschenhändler und Zuhälter bilden eine eng verknüpfte, international vernetzte, neue Hierarchie. Sie geben nun den Takt und Ton am Strich und in diversen Etablissements an. Natürlich nicht nur in Wien. In Hamburg, Berlin, Düsseldorf etc. regieren Clans wie die "Mongols". Vorbei ist die Glanzzeit der deutschen "Luden", also Zuhälter. Wenn, dann zahlen sie als "Schutzbedürftige" „Schutzgebühren".

Viele dieser "verarmten Teufeln" müssen sich nun mit kleinen Betrügereien, Schwindeleien und der Mindestsicherung (Hartz IV) durchs triste Leben schlagen. Statt Champagner, Cognac und Whisky muss am Ende ihrer glorreichen Tage billiger Fusel herhalten. Statt einem goldenen Dupont-Feuerzeug zünden sich viele ihre selbstgedrehten Zigaretten mit einem Wegwerf-Feuerzeug an. Denn auch ehemals standesgemäße Marlboro sind nicht mehr erschwinglich.

Zum "Glück" diverser Ministerien demonstrieren die in die Armutsfalle gelaufenen "Rotlichter" nicht geschlossen gegen diese "Übernahme" ihrer "Arbeitsplätze"! Keiner der Zuhälter droht öffentlich mit einem Selbstmord, wenn er nicht sofort seine kaum freiwillig "übergelaufenen" Mädels wieder zurückbekommt! Die ehemaligen Strizzis, Bordell-, Bar- und Clubbesitzer zünden keine Lokale an, demolieren sie nicht oder zerschneiden den ehemaligen "Pferdchen" das Gesicht (früher wurde wegen der "Nachhaltigkeit" auch Würfelzucker verwendet, um eine sichtbare Narbe zu hinterlassen)! Was sollen diese "Altspatzen" auch gegen ihre ehemaligen, bestens austrainierten und knallharten Leibwächter ausrichten? Ist doch gesünder, eine zwar gespielte, aber doch heile Miene zum "bösen" Spiel zu machen...?

Das waren halt noch sehr, sehr lang zurückliegende Zeiten, in denen Ausländerinnen nur als schwarz arbeitende Putzfrauen oder billige Hilfsarbeiterinnen gefragt waren. Diesen Job erledigen heute viele einheimische, oft schwer verschuldete Ex-Sexarbeiterinnen. Doch kümmert das eine Regierung? Hat die Caritas ein Herz für sie oder gibt es eine Stiftung wie "Alte Strizzis und Huren in Not"? Nein, denn der neue, multikulturelle Strich, die organisierte Kriminalität und schwunghafter Drogenhandel zeigen eine gelungene Integration aufstrebender Talente! Sogar die relativ ertragreichen und halbwegs „sicheren" Arbeitsplätze am Gürtel- und Praterstrich wurden ersatz-, hemmungs- und protestlos eliminiert.

Von Seiten des Gesetzgebers wurde nichts gegen die Unterwanderung unternommen! Niemand der einheimischen Sexarbeiter*innen, die in die neue Armut glitten, entrollte Fahnen oder Transparente vor dem Parlament. Keiner der "Entrechteten" forderte "Gebt uns unsere Bordelle und Huren wieder". Auch bei den einheimischen, ebenfalls in die Armutsfalle geratenen Dealern erfolgten keine Proteste. Ausländer verdrängten sie! Die billige Konkurrenz aus Afrika hat sie in den Ruin geführt, aber kein

Einziger hatte die Möglichkeit, einen Konkurs anzumelden! Viele dieser Leute fahren heute statt wie gewohnt in einem Mercedes mit der U-Bahn, und das oft schwarz. Strizzis, Huren, Hütchenspieler und andere vergeudete „Talente"! Einfach erschütternd! Oft sitzen diese „Neuarmen" dann traumatisiert, im Jogger vom Flohmarkt, mit einer Nummer in der verschwitzten Hand, am Sozialamt. Vielleicht sogar neben einer der Damen, die noch echt auf Wienerisch sagen konnte "Schatzi, gehst mit? Mein Französisch ist perfekt"...

Eine ausgestorbene Subkultur, die sich eigentlich selbst liquidierte. Denn mit den ausländischen Mädels, Rausschmeißern, Bodyguards und Türstehern fing der Untergang der europäischen Unterwelten an. Mit Hilfe damaliger "Bosse", die mit anfangs billigen, gehorsamen Schlägern, Bugeln und vor allem dummen Mädchen rechneten. Ein kleiner "Trost" bleibt für die Betroffenen: Sogar das Römische Reich, immerhin ein kulturreiches Imperium, fiel bekanntlich sogenannten Vandalen und Barbaren wie den Germanen zum Opfer...

PS: Ich bitte um sinnerfassendes Lesen. Das ist kein politisches Pamphlet und erkennen Sie bitte die Ironie und den Sarkasmus in dieser Betrachtung. Ich breche mit diesen kleinen Randbemerkungen auch keine Lanze für die ehemalige Wiener Halb- und

Unterwelt, sondern schreibe, wie ich es als humoriger Rot-
licht-Chronist und Satiriker sehe...

Herr Hirnederl will sich einen Freund kaufen...

Frage an Radio Blödsinn: Woran merkt man, dass der Körper altert? Radio Blödsinn antwortet: Wenn sich Erbschleicher um dich kümmern.

Freddy Ch. Rabak

Herr Willibald Hirnederl, ein älterer, einsamer, aber noch rüstiger Mensch, sucht seit dem Tod seiner Frau Anna, mit der er noch vor 32 Jahren laut und freudig "Anna, den Kredit ham ma" jubelte, einen ehrlichen, treuen und ihm ergebenen Freund oder eine ebensolche Freundin. Frau Anna, mit der er zweiunddreißig gemeinsame Jahre verbrachte, starb zu Hause an einem Herzstillstand. Diese Diagnose stellte der langjährige Hausarzt der Familie Hirnederl nach einem kurzen Blick auf die Tote und vermerkte die natürliche Todesursache im Totenschein.

Herr Hirnederl feierte die rasche Auszahlung der erst kürzlich abgeschlossenen Lebensversicherung in der Nachbargemeinde in einem Knusperhäuschen mit lauter hübschen Hexen. Er gönnte sich ja sonst nichts, der nette Herr Hirnederl.

Er hatte keine Kinder und war mit den wenigen Verwandten seiner verstorbenen Frau in einen Dauerstreit verwickelt. Naja, sicher der Neid wegen der stattlichen Summe, die der Herr

Hirnederl kassierte.

Es gab schon vor der Feuerbestattung von der seligen Frau Hirnederl eine sehr heftige Debatte mit deren Bruder, weil der sich lieber ein anständiges Begräbnis gewünscht hätte, wie es am Land nun mal üblich ist.

Doch Herr Hirnederl konterte mit einer Familiengrab-Tradition und ließ trotz Protesten seine Frau Anna in dem Urnengrab beisetzen, wo schon seine vor wenigen Jahren verstorbene Schwester Liesl ruhte. Auch sie verstarb im besten Frauenalter plötzlich an einem akuten Herzversagen.

Herr Hirnederl war sehr traurig, obwohl er ein schönes Haus, einen Wald und einige bebaute Grundstücke geerbt hatte.

Ein kleines Häuschen am See schenkte er später aus Freundschaft dem Hausarzt, der wie schon bei Anna ganz unbürokratisch einen Totenschein ausgestellt hatte. Schließlich schob man auch schon seit vielen Jahren im gleichen Kegel-Verein gemeinsam die Kugel und stimmte sogar zusammen mit honorigen Bürgern der Stadt im Männerchor so manch dreistimmiges Halleluja in der Stadt-Kirche an, deren Opferstock der Herr Willi nie ignorierte.

Aber irgendwie haben ihn viele Menschen und die Nachbarn gern, diesen schrulligen, etwas älteren Herrn, den das Schicksal so sehr getroffen hat. Willi litt sehr unter der Einsamkeit, aber wollte sich mit fast siebzig Jahren keine Frau mehr suchen, die vielleicht altersmäßig zu ihm passen würde. Willi reichten die vielen Filmchen auf seinem Computer und die noch schwielenlose rechte Hand verschaffte ihm oft Entspannung. Er war von den jahrelang vernommenen Fragen wie "Wo woarst denn?", „Wo bist denn?", "Wos mochst denn?" einfach satt. Solche blöden Fragen stellte die Lieblingshure von Herrn Hirnederl im nahen Bordell nicht und sogar der Herr Bürgermeister verstand ihn, wenn sie mal mit ein paar jungen Damen eine Flasche Champagner schlürften.

Herr Hirnederl beschloß, nachdem er sich viele Nächte in seinem Bett herumgewälzt hatte, sich statt einer Frau ein liebes Tierchen anzuschaffen.

Er wollte einen echten Freund, dem er wirklich alles, auch was ihn bedrückte, erzählen kann. Ohne Angst, dass der seine ihm anvertrauten Geheimnisse jemandem weitererzählt. Ein liebes Viecherl, das keine Fragen oder Forderungen stellt, sich niemals Geld ausborgen würde und sich freuen würde, wenn er mal betrunken oder sehr spät nach Hause kommen sollte.

Herr Hirnederl saß oft im Beserlpark der kleinen Stadt. Er fütterte Vögel, lächelte jungen Müttern und kleinen Mädchen freundlich und großväterlich zu und summte, kaum hörbar, oft und gern die

Melodie aus dem Uralt-Film „Die Drei von der Tankstelle" mit Heinz Rühmann in einer Hauptrolle.

"Ein Freund, ein guter Freund, das ist das Schönste, was es gibt auf der Welt. Ein Freund bleibt immer Freund und wenn die ganze Welt zusammenfällt..." Für Herrn Hirnederl ist seine frühere, kleine, heile Welt, die er sich als Junggeselle geschaffen hatte, schon mit einem "Ja" bei seiner Hochzeit zusammengefallen.

Da die Knochen des einsamen Rentners schon etwas morsch, seine schwarz-bläulich schimmernden Füße leicht geschwollen waren und ihm eine unsichtbare Hexe im Rücken ihre stete Anwesenheit immer wieder mit einem schmerzhaften Schuß in Erinnerung rief, wollte und konnte er nicht mehr mit einem der "besten und treuesten Freunde des Menschen" Gassi und spazieren gehen. Es würde ihm auch schwerfallen sich zu bücken, wenn er das Sackerl für das Gackerl mit Scheiße füllen müsste.

Jaja, man hat es halt schwer, als gebrechlicher, älterer Herr...

Eine Katze kam für ihn auch nicht in Frage. Er hatte in seinem relativ langen Leben schon oft mit vielen eigensinnigen, fauchenden, egoistischen und hinterlistigen Katzen große Probleme. Auch seine verstorbene Frau Anna sah er nie als schnurrende Katze, sondern als einen fauchenden Kater.

Während er emsig über verschiedene Freundschaftsvarianten

nachdachte, schaltete sich in seinem Hirn sein Helferlein ein und dessen Köpfchen, eine Glühlampe, erleuchtete seine grauen Gehirnzellen mit einer Idee. Helferlein half sogar schon dem Erfinder Daniel Düsentrieb zu manch genialer Erfindung. Wie vielleicht auch dem genialen Gründer von Kinder-Welten wie Entenhausen und Micky Maus, nämlich Walt Disney.

Helferlein meinte, ein Papagei wäre doch die Lösung, um seine Einsamkeit zu beenden. So ein Papagei ist in Gefangenschaft sehr einsam und freut sich über etwas Aufmerksamkeit. Das hatte Herr Hirnederl mal im Fernsehen gesehen und es hatte ihn sehr beeindruckt.

So ein herziges Vogerl wird im Laufe einer "Partnerschaft" zwar vieles sagen, dessen Sinn er aber selbst nicht verstehen wird. Sollte das Tierchen mal gestöhnte Textstellen aus Pornofilm-Dialogen krächzen: Die Nachbarn würden höchstens über den Vogel des lieben, älteren Herrn lächeln. Fraglich ist, über welchen "Vogel".

Willi sah sich im Geiste schon dem bunten Mitbewohner kurze, prägnante Wörter wie "Bussi geben", "komm her", "Servus", "Hallo" und natürlich "Willi" beibringen. Der liebe, kluge Vogel weiß ja bald, was folgen wird: Zarte Küsschen, wohliges Kopferl kraulen und natürlich ein Leckerli. Da schlagen Papageienherzen gleich höher.

Er wird sich, wie ein in strengster Einzelhaft befindlicher Mensch, darüber freuen, dass wer mit ihm spricht, auch wenn es nur der "Wärter" ist. Gefangene Menschen in Isolationshaft würden sich auch nach Geselligkeit und ein bisschen Aufmerksamkeit sehnen, um dann wieder in ein Verlies, bzw. eine enge Zelle, einen Käfig oder eine Voliere, eingesperrt zu werden. Dieser "Kerker" wird sogar noch verschärft, wenn der bunte Vogel keine Beziehung mit und zu einem Artgenossen haben darf.

Herr Hirnederl dachte "Er hat ja mich. Sogar Tag und Nacht". Dabei lächelte er und dachte schon an den Lehrplan für seinen Pippi, wie er ihn nennen wollte. Auch, wenn es ein Weibchen wäre- es musste nach Pippi Langstrumpf benannt werden. Er liebte eben kleine Mädchen mit Zöpfchen und Strapsen, der nette, etwas schrullige alte Herr.

Herr Hirnederl saß wieder einmal im Park, fütterte Tauben und betrachtete fasziniert ein kleines, blondes Mädchen auf einer Schaukel. Besonders, wenn es nach vorne ging und das bunte Röckchen sich mit dem Fahrtwind in die Höhe hob und ein weißes Höschen freilegte. Er seufzte und murmelte "Ich liebe dich", "Ich brauche dich", "Sag mir was", "Wer bist Du denn?"

Dem kleinen, lieben Mädchen konnte er das nicht sagen, aber einem brav zuhörenden und vielleicht sogar nickenden Papagei wie "Pippi" schon. Herr Hirnederl beschloß, am nächsten Tag eine Tierhandlung aufzusuchen. Er erhob sich von der Parkbank, lächelte und blinzelte dem kleinen Mädchen und seiner Mutter zu. Die junge Frau dachte "Was für ein netter, etwas schrulliger, älterer Herr..."

Nachwort: Einen Monat später war Herrn Hirnederls verborgener Schatz in seinem Kasten im Keller um ein buntes Röckchen und ein weißes, kleines Unterhöschen reicher. Zufrieden sagte der nette, ältere, doch etwas schrullige alte Herr zu seinem Pippi, einem gelehrigen Graupapagei "Wer bist Du denn?" und Pippi krächzte "Ich liebe Unterhosen." Dafür gab es aber kein Leckerli von dem böse schauenden, wütenden alten Herrn...

Im Narrenhaus war ich auch zu Haus...

Wann wird es den ersten TV-Kommissar im deutschen Fernsehen geben, der zu einem Verdächtigen sagt: „Hey Alter, mach endlich ein Geständnis, du scheiß Nazi! Sonst fick ich Dich und Deine Mutter, du Hurensohn!"
Freddy Ch. Rabak

Wie meine "Stammleser*innen" wissen, floh ich schon zweimal aus Gefängnissen. Einmal aus der JVA Göllersdorf und als „Zugabe" aus dem ehemaligen Landesgericht II am Wiener Hernalsergürtel. Die Fluchtursachen: Wegen meiner "Alten", die „lepschi" gegangen, also von meinem Trittbett abgesprungen war.

Schon 1969, bei meiner insgesamt längsten Haft von 22 Monaten (Einbruch 20 Monate, plus Widerruf einer bedingten Strafe in der Dauer von sechs Wochen), gab es die Möglichkeit zu einer Flucht aus einer Nervenheilanstalt, die ich aber aus gutem Grund absagte: Ich hätte mir meine zwei „schwer verdienten" Arbeitshäuser (3 und 5 Jahre), die ich als 21jähriger nach Verbüssung der „normalen" Haft unfreiwillig hätte "antreten" sollen, nicht erspart.

Die Vorgeschichte: Ich schnitt mir in einer Zelle des Kreisgerichts St.Pölten, wo ich meine schon erwähnte Strafe absitzen sollte, den Unterarm meiner linken Hand auf, um wieder einmal auf meine „Psychosen" aufmerksam zu machen und die relativen Vorteile eines Krankenhauses, wie Besuch und besseres Essen, auszukosten. Außerdem wollte ich nach Wien verlegt werden, in die Sonderanstalt Mittersteig.

*

Zu viel Blut sollte aber nicht spritzen, also vergrößerte ich die doch etwas mickrige Blutlacke mit Himbeersaft und meine Zellenkollegen drückten den Notfallknopf, um Beamte zu alarmieren. Als sich die „Kerkertüre" (damals wurde ich ja zu „schwerem, verschärftem Kerker" verurteilt) öffnete, schmierte ich mir die Mischung aus Blut und Himbeersaft ins Gesicht und sah nur mehr mit offenem Mund und starren Augen auf den deutlich rot glänzenden Steinboden. Dabei flüsterte ich "Ich will zu meinem Freund Walter Diederich" (Walter wurde wenige Tage vorher in der Wiener Innenstadt erschossen). Es wurde mir "gut zugeredet", bis ich schließlich stur wurde und zu „meiner Mama" wollte.

Nachdem meine Wunden im Spital genäht wurden, verbrachte ich, in einer Zwangsjacke verpackt, den Rest der Nacht in einer

kleinen Zelle auf einer Tragbahre. Als „Aufsichtsperson"
fungierte ein Zellengenosse, der natürlich in meinen Plan
eingeweiht war. Doch wir redeten kaum, da ja der „Feind"
mithören könnte.

Am frühen Morgen ging es mit einem Auto und zwei Beamten
ins Polizei-Präsidium. Dort wurde ich einem Amtsarzt
vorgeführt. Als er mir Fragen nach meinem Befinden, Namen
und Alter stellte, stellte ich mich abwesend, drehte mich nach den
zwei Beamten um und sagte: „Ich will zur Mama". Ziemlich
schnell stellte mir daraufhin der Arzt eine Einweisung in die
Nervenheilanstalt (Sie können auch ruhig „Irrenhaus" oder
„Gugelhupf" dazu sagen, liebe Leser*innen, das war damals ein
im Volksmund sehr gebräuchlicher Ausdruck für psychiatrische
Kliniken) Mauer-Öhling. Ich freute mich innerlich, aber nicht
wahrnehmbar sehr darüber. Vielleicht sogar mehr als mancher
Gewinner einer Reise auf die Malediven...

Mit einem Rotkreuz-Wagen ging die Fahrt über ca. 70km in die
Anstalt. Wie schon vor einem halben Jahr im Wiener
Landesgericht, wo ich einen Brief vom „Schutzengel" suchte und
nach Steinhof in den berühmt-berüchtigten Pavillon 23
eingeliefert wurde, „kam ich langsam wieder zu mir". Ich wollte
ja nur Psychosen simulieren und keine Geisteskrankheit.

Eine sehr nette Dame in der Rot-Kreuz Uniform begleitete mich auf der Reise ins „Kuckucksnest, über das ich fliegen wollte" und ich erzählte ihr, dass ich kein Gewohnheitsverbrecher sei, dass mir zwei Arbeitshäuser drohten und dass alles nur gespielt sei. Die Frau war sehr beeindruckt und wünschte mir viel Glück, als wir am Ziel ankamen.

Es erfolgte die Aufnahme, wo ich keine Frage beantwortete und mich nur scheu umblickte. Einmal fragte ich sicherheitshalber den Oberpfleger, wo meine „Mama" sei und er antwortete „die kommt etwas später"...

Sie kam tatsächlich einige Tage später zu Besuch. Sie hielt sich an die alte Knast-Weisheit:

Willst Du Deinen Sohn noch retten

bring ihm Geld und Zigaretten.

*

In dem „besonders gesicherten" Pavillon waren die schweren Fälle untergebracht. Außer mir auch zwei Häftlinge aus der JVA Stein, die noch ein paar Jahre abzusitzen hatten. Der „Burli" wegen schwerer Körperverletzung und der „Zlatko", übrigens ein waschechter Wiener, wegen Einbruchs. Beide hatten noch ca.

zwei Jahre zu verbüßen und es war ihnen nach einem „getürkten" Suizid-Versuch, eher einer Selbstbeschädigung durch Rasierklingen am Unterarm, gelungen, ebenfalls in der „Geschlossenen" unterzukommen. Ein Schwuler bot mir gleich seine Dienste auf der Toilette an, die ich dankend ablehnte. Andrè war aber bei anderen Patienten, von denen einige schon sehr viele Jahre zumeist durch Elektro-Schocks „behandelt" wurden, sehr gefragt. Die meisten liefen im Gemeinschaftsraum auf und ab, sprachen mit sich selbst oder mit imaginären Leuten. Ich erinnere mich an einen Patienten, der mit seinem „Fäustchen" immer nach anderen schlug. Es bestand aber keine Gefahr, dass er seinen „Opfern" damit auch nur den geringsten Schmerz zufügte. Er vertrug gewisse Geräusche und Wörter nicht. Zum Beispiel „Pschhhhhh" löste in ihm eine Wut aus und er schlug etwas fester auf andere ein, die ihn aber ignorierten. Jeder dieser armen Hunde war mit sich selbst so sehr beschäftigt, dass sich keiner aufregte. Die Pfleger spielten im fast überdimensionalen Schlafsaal oft eine Partie Rommè und wenn sie einen Patienten als lästig empfanden, luden manche auch ihre aufgeladenen Energien an ihnen ab. Bereits nach einen Tag war ich als Mitspieler willkommen.

Da tauchte ein neuer, junger Patient auf. Einer, der ganz normal aussah, sogar immer lachte, aber nicht sprach. Er setzte sich auf die mit einem Stahlnetz gesicherte Terrasse, öffnete seinen Hosenschlitz, befreite sein gutes Stück von der Enge seiner Unterhose und begann, ungeniert zu onanieren. Beim „Haus-Schwulen" Andrè leuchteten die Augen und er setzte sich neben ihn. Als sich der junge Mann von einer Ladung Sperma befreit hatte, fing der scheinbar umweltbewusste Andrè die gespritzte Ladung mit seinen Händen im Flug ab und schleckte grinsend seine Finger mit Genuss ab. Ich wollte ihm fast schon einen „guten Appetit" wünschen.

Der junge Mann grinste dauernd und mir fiel bald auf, dass er, wenn wer eine Hand in die Hosentasche steckte und tat, als ob er wixe (oder wichse), sofort ohne Zögern und mit leuchtenden Augen seinen Schwanz hervorholte und onanierte. Unter dem gierigen Blick Andrès. So warteten meine beiden „Häfenbrüder" Zlatko und Burli ebenso wie ich belustigt auf die Visite einer Psychiaterin, die übrigens einen phantasievollen und nach Sex lechzenden Mann hinter Mauern und Gittern leicht zu „spritziger" Handarbeit verführen könnte.

Die Visite begann und auch der „Wixer" wartete wie wir brav in einem Stuhl auf das Kommende. Kurz, bevor die Frau Doktor zu ihm kam, begannen wir mit der Animation und der Bursch packte tatsächlich aus und begann mit seinem Handwerk. Sie ignorierte ihn und zwei Pfleger nahmen den jungen Mann in ihre Mitte und führten ihn ins Ärztezimmer ab.

Ein anderer, abwesend wirkender Patient, dessen Oberkörper statt mit einer Zwangsjacke mit einem Tischtuch eingehüllt war, lief indessen auf und ab. Er beschimpfte dabei nicht Gott und die Welt, sondern Leute, die nur er sah.

Nach einer halben Stunde grinste der Wixer nicht mehr, sondern setzte sich auf einen Stuhl und starrte vor sich hin. Nicht einmal unsere anregende „Stimulanz" wirkte mehr bei dem „läufigen" Burschen.

Ich unterhielt mich danach mit einem älteren, intelligent und gesund wirkenden Herrn, bei dem ich mich am Anfang unseres Gesprächs wunderte, dass er hier gelandet sei. Ich dachte eher an eine „Bruchlandung". Doch dann erzählte er mir, so ganz nebenbei, dass er vor 15 Jahren seine Frau umgebracht hatte. Stimmen hätten ihn dazu genötigt. Ich weiß nicht, wer ihm den Mord befohlen hatte, aber auch er wusste es nicht. War schließlich doch schon eine lange Zeit her. Am Abend, bei der Medikamentenausgabe, wollte er ein anderes Tabletten-Menü und begann, mit den Pflegern laut zu streiten. Er rannte mit dem Kopf gegen die Wand, griff einen Herrn in Weiß an und sofort begann eine Alarmglocke zu schrillen. In kürzester Zeit waren noch drei Pfleger und ein Arzt damit beschäftigt, den Tobenden am Boden zu fixieren und er bekam zur „Neutralisierung" ein „Jaukerl", vermutlich das „Allheilmittel" Truxal, in den Arsch. Der ältere Herr schrie kurz auf und war sofort willig und still. Er wurde von kräftigen Armen in sein Bett verfrachtet und „fürsorglich" darin angeschnallt. Naja, sein langer Aufenthalt in der „Psycherl-Abteilung" war halt doch keine „Zwischen- oder Bruchlandung".

Damals wurde bei der „Behandlung" von Psychosen, Depressionen, Aggressivität und Schlafstörungen dieses Teufelszeug, auf das Psychiater schworen (wie auf E-Schocks), verwendet.

Ob das noch heute so gang und gäbe ist? Fragt nach bei Google, das spendet so manches „Licht".

Ich hatte Truxal einmal (und zum letzten Mal) rein aus Neugierde im Wiener Landesgericht „getestet", als ein ebenfalls nicht ganz gesunder Mithäftling jeden Abend dieses Teufelszeug schlucken musste. Ich hatte leider keinen „Arzt oder Apotheker" zur Seite, die ich nach Nebenwirkungen fragen konnte, und ein „Beipackzettel" stand mir leider auch nicht zur Verfügung. Ich „kostete" nur und dieser wirklich kleine Schluck hatte wahrlich etwas „Großes" in sich. Der restliche Abend und die Nacht waren, kurz gesagt, ein Graus. Es dauerte fast eine halbe Stunde, bis ich das wenige Meter entfernte Klosett in der Zelle ohne schweren Zwischenfall (also Hinfallen) aufsuchen konnte. Noch schwerer fiel es mir, auf mein Stockbett in der „ersten Etage" zu klettern, doch mit Hilfe meines scheinbar daran schon gewöhnten „Zellen-Kumpels" schaffte ich es. Mir hatten 24 Stunden in der „Diät-Zelle" (es gab dort ein etwas besseres Essen, aber es herrschte strengstes Rauchverbot) gereicht.

So vergingen zwei Wochen und ich ahnte, dass es bald retour in den St. Pöltner Knast gehen würde. Eines Abends, nur mehr zwei Pfleger hatten Nachtdienst, setzten sich Burli und Zlatko in dem Riesen-Schlafsaal mit ca. 40 Betten an mein Bett und erklärten mir, dass sie am nächsten Tag flüchten würden. Zlatko hatte einen Vierkantschlüssel, mit dem er die verschlossenen Fenster öffnen könne. Sie fragten mich, ob ich mitkommen würde. Ich hatte von meinen 22 Monaten 13 hinter mir und mein einziges Ziel war ja nur, die beiden Arbeitshäuser los zu werden. Außerdem wollte ich die restliche Haftzeit in der Sonderanstalt Mittersteig verbringen, wo es viele Freiheiten, tagsüber offene Zellen, Fernsehen, eine bessere, von Psychologen und Psychiatern erstellte Behandlung gab und wo nur (damals) 22 ausgesuchte Häftlinge aus ganz Österreich untergebracht wurden, die in normalen Gefängnissen „eine Gefahr für sich und ihre Umgebung" darstellten. Also relativ gefährliche Psychopathen, Selbstbeschädiger und Dauer-Querulanten, die aber nicht geisteskrank waren.

Ich lehnte dankend ab, aber versprach, ihnen einen kleinen Vorsprung zu garantieren, indem ich die Pfleger ablenken würde.

Nächste Nacht, die Patienten schliefen in dem dunklen Schlafsaal und die beiden „Aufpasser" saßen am Schreibtisch und lasen im Schein einer kleinen Lampe einige Illustrierte, gab mir Zlatko- er und Burli hatten schräg gegenüber ihre Betten stehen- ein verabredetes Zeichen.

Ich begann, laut „Gas" und „Es wird Gas eingeleitet, man will uns umbringen!" zu rufen. Die meisten Patienten richteten sich erschrocken auf, andere begannen, an den Fenstern zu rütteln oder liefen auf die nicht absperrbaren und einsehbaren Toiletten oder in den Tagraum. Die beiden Pfleger kamen zu mir, um mich zu beruhigen und aus den Augenwinkeln sah ich, wie die beiden Häftlinge den Raum verließen. Ich „beruhigte" mich und faselte etwas von einem fürchterlichen Traum. Schließlich wollte ich nicht mit Truxal „niedergespritzt" werden.

Langsam beruhigte sich alles und die Pfleger begannen, zu zählen. Dann schauten sie in der Toilette, auf der Terrasse und im Tagraum nach, warum zwei Betten leer blieben.

Plötzlich ging das Licht an und einer der Beiden drückte den

Alarmknopf. Bald wimmelte es von Pflegern auf der Abteilung, die sogar unter die Betten blickten. Einer kam zu mir und meinte mit einem nicht gerade freundlichen Blick „Das gespielte Theater wirst Du noch büßen!"

Es wurde noch eifrig telefoniert und bald kehrte im gar nicht trauten Heim wieder Ruhe ein.

*

Einen Tag später, nach einem nicht allzu strengen Verhör durch die Anstaltsleitung, konnte ich meine Habseligkeiten wie Zigaretten und Feuerzeug packen, um wieder nach St.Pölten transferiert zu werden. Auch dort wurde ich zu dem Vorfall einvernommen und blieb bei meiner Behauptung, dass die beiden Flüchtlinge (sie fanden kein Asyl) meinen Anfall oder Traum einfach zur Flucht ausgenützt hatten.

Was ich noch nicht ahnte- eine Woche später wurde ich in ein Fahrzeug der Justizwache verfrachtet und Richtung Wien chauffiert. Man sagte mir nicht, wohin es geht, aber ich hatte die vorletzte Etappe geschafft, ich stieg am Mittersteig aus, bekam eine kleine Einzelzelle zugeteilt und „genoß" neun Monate lang die fast „luxuriösen" Vorzüge eines von Ärzten geleiteten

Häfens, was aber heute in so gut wie jedem Häfen der Alpenrepublik fast schon Standard ist.

PS: Zlatko und Burli wurden zwei Tage nach ihrer Flucht und einem Einbruch in einem gestohlenen Auto verhaftet. Ihre Haftzeit verlängerte sich um zwei bzw. drei Jahre.

Mein Kampf gegen die beiden Arbeitshäuser nahm seine leidige, nicht immer ganz ungefährliche Fortsetzung, wie die wt. Leser meiner Bücher, besonders von „Adieu Rotlicht-Milieu", ja bereits wissen.

Einsame und heiße Nächte...

Jeder Tag hat seine Plage, Und die Nacht hat ihre Lust.
Zur Abwechslung mal Johann Wolfgang von Goethe zitieren.

Vergesst es, liebe Dauer- und Kurzzeit-Einsame, wenn Howard Carpendale Mal wieder mit seinem bereits sehr in die Jahre gekommen Oldie (1979) „Nachts, wenn alles schläft" zufällig auf regionalen Radiosendern wie "Senil 3" eure Tränendrüsen und auch Tränensäcke ordentlich massiert. Da werden sonst altersbedingte Erinnerungen, Sehnsüchte und Begierden in oft schon etwas morschen und auch gebrechlichen Knochen aus dem Wachkoma gerissen und an Zeiten erinnert, in denen man noch kraftvoll zubeißen konnte und über die Kukident-Werbung lachte. Zeiten, in denen man AIDS nur mit "First Aid" in Verbindung brachte und vielleicht erst durch Woodstock funkelnagelneue und teils faszinierende Begriffe wie Flower Power, Hippies, Freie Liebe, Gruppensex, Kiffen und LSD kennenlernte. Ja, war eine geile Zeit...

Dazu fällt mir eine Anekdote ein:

Damals, ich glaube (natürlich an keinen Gott) 1967, zog ich mir eines Tages die spitzen Milano-Schuhe aus, schlüpfte in alte, zerrissene Jeans (wie es viele Jahre später Udo Jürgens sang, weil er angeblich noch niemals in New York war und statt Zigaretten holen dorthin wollte) und ließ mir die Haare wachsen. Das kam im Prater bei den aufrisswilligen Mädels besonders cool an. Dort lernte ich auch schnell eine junge Deutsche kennen und wir fuhren, wie halt Hippies gern taten, per Autostop gemeinsam nach Eichgraben in NÖ. Dort hatten zwei Freunde eine alte Hütte gemietet. Wir dröhnten uns mit einem Schwarzen Afghanen (Afghanen aus Fleisch und Blut lernte ich zu diesen Zeiten keinen kennen) zu, machten einen sexuellen Belastungstest auf einem quietschenden Sofa und pickten beim scheinbar gemeinsamen Orgasmus (sie stöhnte lauter als ich) durch Schweiß förmlich aneinander.

Als ich stolz mein Schwert, also eher Dolch oder Taschenmesser, aus ihrer Scheide zog, stöhnte sie noch lauter, und meine Brust wurde von Stolz und Selbstbewusstsein erfüllt.

Sie blieb liegen, hielt sich den Bauch und das Stöhnen ging in ein Wimmern über. Da merkte ich, dass das Mädchen Schmerzen hatte. Noch dachte ich- "so einen Großen" hab ich doch gar nicht-, doch sie keuchte "Bitte ruf einen Arzt." Während ich sie streichelte (ich hatte zufällig mein chirurgisches Notarzt-Set nicht dabei), lief ein Freund in ein nahes Wirtshaus, gönnte sich ein schnelles Bier und verständigte die Rettung, die nach ca. 15 Minuten eintraf. Peter, mein Hawara, hatte wirklich schnell ausgetrunken.

Der Arzt stellte nach kurzer Zeit fest, dass sie (ihren Namen habe ich vergessen, da auch kein Stern ihren Namen trägt) einen Blinddarmdurchbruch hat und ein neuerlicher, diesmal etwas kalter Schweißausbruch bildete sich auf meiner heißen Stirn. Blondie (ich will nicht immer „sie" schreiben) schlüpfte in ihre Wäsche, wurde auf eine Tragbahre gelegt und in den Rettungswagen geschoben. Danach erschien ein Sanitäter und reichte mir ein Papier, das ich unterschreiben sollte. Schließlich war sie Ausländerin und irgendwer sollte im Falle des unversicherten Falles für die Kosten haften. Mich überkam eine gewisse Haftungs-Allergie und ich verweigerte die Unterschrift, denn die Ärzte mussten das Mädchen ja so und so operieren.

Am folgenden Tag kündigte ich wegen einer plötzlichen auftretenden "Flower"-Abneigung meine nicht eingetragene Mitgliedschaft in der kleinen "Power"-Bewegung. Ich schlüpfte wieder in meine modischen Schuhe, zog mir eine weniger zerrissene Jeans an und normalisierte mich wieder zu einem ganz normalen Prater-Strizzi.

Übrigens, weil das Kapitel "Die Nacht" lautet- das eben geschilderte, von den Medien nicht wahrgenommene Ereignis spielte sich am helllichten Tag ab.

*

Laue Nächte sind ja sehr schön, wenn man sie gemeinsam, eng umschlungen und schmusend an einem einsamen Sandstrand verbringt. Es müssen keine Mandolinen spielen, Hauptsache der Mann, der im Krater eines strahlenden Vollmondes wohnt, schaut diskret weg, wenn sich die Liebenden knutschend ein „Auf uns" zuflüstern und ein Bier aus dem mitgeschleppten Sixpack öffnen. Mag auf den ersten Blick schön wie in einem Werbe-Spot für Bier erscheinen, aber wo gibt es heute noch einsame Strände und wer trinkt schon bei sommerlichen Temperaturen ein warmes Bier? Leider kostete ich so eine romantische Film-Idylle in den 12 Jahren, die ich unmittelbar am Meer in Spanien verbrachte, nie aus. Es war mir aber vielleicht auch zu mühsam, sechs Flaschen Bier an den Strand zu schleppen, denn Dosenbier schmeckt mir einfach nicht. Fast hätte ich es vergessen: Mir fehlte wahrscheinlich auch eine passende Frau, um bei Mondschein so eine gewisse Stimmung zu erzeugen. Oder waren es auch die vielen Moskitos, die mich davon abhielten?

Ich erinnere mich aber an eine Nacht bei der nicht mehr existierenden Disco „Atoll" auf der Donauinsel in Wien. Ich war dort am Wochenende aushilfsweise Türsteher und hatte meinen Dienst gerade beendet. Ich hörte mir die Beschwerde eines relativ jungen Nachwuchsschauspielers, der wegen Trunkenheit von einem Kellner aus der Disco geschmissen wurde, an und ahnte nicht, dass ich mit dem Haymo etwas später bei einem Tatort eine kleine Rolle spielen durfte. Jahre später wurde er auf Grund guter Beziehungen oder wegen seines Könnens (?) sogar ins Ensemble des Burgtheaters berufen. Nach dem kleinen Gespräch tratschte ich ein wenig mit dem Kellner Woody und einem Haserl an der Bar und verließ meine Arbeitsstätte mit dem Disco-Hasen.

Wir beide setzten uns auf eine Treppe und schauten auf die Sterne und den Mond, die sich im Wasser der Neuen Donau spiegelten. Jeder knutschte für sich mit der Bierflasche, die wir vorsorglich mitgenommen hatten. Das süße Mädchen wurde durch meine irrationalen Schwankungen etwas sauer und legte mir resolut ihr Patschhändchen auf die Schulter. Es war keine so richtige Liebesbezeugung ihrerseits- sie wollte mir nur Halt geben, damit ich nicht unfreiwillig in die Donau kullerte. In den nicht blauen Donauarm, in den ich vor wenigen Minuten unter dem Zwang einer erbarmungslosen Blase rein gepullert hatte. Bald wankten wir gemeinsam zur nahen U-Bahn, wo sich unsere Wege trennten. Sie Richtung Favoriten und ich entgegengesetzt nach Kagran. Dies ist zwar keine „Gute Nacht-Geschichte", aber eine über die Nacht...

*

Juliane Werding widmete 1983 einer tödlichen „Nacht voll Schatten" ein trauriges Lied, wo sie das kommende Unheil in Form von sieben Schüssen auf ihren Freund wegen einer offenen Rechnung schon im Voraus ahnte und damit einen Hit erzielte. Wenn man Juliane Glauben schenken will, geschah das um vier Uhr nachts. Also Nachts, wo nicht alles schläft und das Böse immer und überall lauern könnte. Besonders die Stunden nach Mitternacht sind eine Zeit, in der „Alltagsmann & Alltagsfrau" allein nicht nur Friedhöfe, sondern auch so manche Gegenden, diverse Lokalitäten, Parks, Wälder, Baustellen, Ruinen, eventuell U-Bahnstationen, öffentliche Toiletten und besonders menschenleere Straßen meiden sollten.

Dafür brannte für Peter Maffay sogar die „Sonne in der Nacht". Er wurde trotz solch irrer Gedanken in keine psychiatrische Klinik eingewiesen.

Die Nacht ist nicht nur zum Schlafen da, sangen schon in meiner Jugend viele Interpret*innen und ich befolgte diesen Rat. Auch viele Touristen lieben schöne Nächte. Was wären historische Gebäude ohne Scheinwerferlicht? Die Nacht ist sogar imstande, tote Steine zum Leben zu erwecken. Viele „nur" hübsche Frauen erstrahlen in voller Schönheit und Lippenstifte ziehen männliche Lippen magisch an. Wie Motten das Licht.

Dazu muss ich aus Erfahrung warnen: Nach dem ersten Gähnen und blinzelnden Augen könnte sich das nachts noch so geile und perfekte Bild morgens nach dem Erwachen ins Negative verwandeln. Besonders, wenn, wie es auch mir passierte, die wunderbare „Blow-Job"-Virtuosin die Langhaar-Perücke abnimmt, sich kämmt, im Stehen pinkelt und nach dem Rasierapparat fragt.

*

Ich versetzte mich in meinen fittesten Jahren oft „künstlich" in einen selbstproduzierten Jetlag und machte die Nacht zum Tag. Ganz ohne Neid betrachtete ich aus dem Auto frühmorgens die vielen Menschen, die mit mürrischen, unausgeschlafenen Gesichtern auf die erste Straßenbahn oder den Bus warteten, um sich wie Sardinen in eine enge Dose zu drängeln. Während mein damaliger Freund Franz K. (viele Leser*innen kennen ihn aus meinen anderen Büchern schon ganz gut) und ich in seinem offenen Cadillac nach Hause, in ein Früh-Cafè, ein Puff oder eine Bar fuhren. Leider musste ich feststellen: Freundlich zurück gelächelt hat fast niemand der oft schamlos ausgenützten System-Sklaven des Kapitals.

Dieses wahrlich kapitale Thema hatte schon 1867 einen gewissen Karl Marx inspiriert und seine Thesen brachten viele Jahre später Millionen von Menschen Glück, Frieden, Freiheit und Reichtum. Fragen Sie bei eventueller Unwissenheit vielleicht mal einen Kommunisten (es soll sie angeblich noch geben) Ihres Vertrauens.

Es gibt, wie wir alle wissen, auch eine besonders "stille Nacht", die angeblich sogar "heilig" sein soll. Da liegt nämlich ein ganz ein süßer Balg, aus Gips, Plastik oder Holz gefertigt, in einer mit Kunst-Heu (oder gelbem Papier-Stroh?) gefüllten Krippe und lächelt Ziegen, Schafe, aber auch Ochs und Esel an. Tiere, die es vor über 2000 Jahren in Betlehem gar nicht gab. Aber es geschehen seit ihm ja immer wieder Wunder.

Bingo, besonders ein von einem Geist (kein Weingeist, sondern ein heiliger) gezeugtes Baby mit adrettem Heiligenschein findet die gläubige Masse immer süß. Ist ja wirklich sensationell, wenn eine Jungfrau schwanger wird und den einzigen Sohn Gottes in die sündige Welt setzt, um alle Menschen bis in alle Ewigkeit

(Amen) von einer schweren, von Adam und Eva geerbten Sünde zu erlösen. Mich hätte halt die göttliche DNS interessiert...

Ich selbst glaube, dass sogar ein Mann schwanger werden kann, wenn Gott es will, und dessen Wille geschieht ja immer. Naja, fast immer. Vielleicht will Gott-Daddy eines Tages (Nacht?) seinem Sohn Jesus etwas verspätet, aber doch, ein göttliches Schwesterchen schenken? Damit es wirklich alle überzeugt, sollte vielleicht mal ein Mann geschwängert werden. Dazu wären besonders Bischöfe, Kardinäle oder sogar der Papst am besten geeignet. Aber bitte kein Tischler! Halleluja! Wo würde so ein kleines Gotteskind wohl medienträchtig am besten zur Welt kommen? Vielleicht in einem Gay-Club?

Doch zum Glück gibt es auch unheilige Nächte. Beliebt von denen, die man nicht im Dunkeln sieht. Wie die partout nie aussterbende Rasse der Haifische, die nicht im Wasser auf Beute lauern, sondern irgendwo im Dunkeln, wo man sie kaum sieht: Die um den ganzen Globus verstreute und stets wachsende Anzahl der Nachfahren des Urahnen Mackie Messer.

*

Ich steh ja sehr auf griechische oder römische Gottheiten,

besonders, wenn sie weiblich sind. So hatte auch die Nacht eine Göttin: Frau Nox beteten die Römer an und ihre griechische Konkurrentin war die liebe Nyx. Wahrscheinlich eine schlampige Verwandtschaft oder Inzucht, wer weiß es schon?

Götter wie der römische Bacchus, übrigens ein Beiname des griechischen Gottes Dionysos, der sich in der griechischen Mythologie einen Namen als (un-)verantwortlicher Gott der Säufer machte, werden uns vielleicht beim nächsten Gelage, auch beim Wirten ums Eck, beistehen. Die Götter der Trankler und Säufer haben sogar ein Herz für Gläubige im fortgeschrittenen Delirium Tremens-Stadium und holen ihre Jünger*innen (Sie bevorzugen nicht nur fromme Männer) auch schnellstmöglich zu sich.

Schöne Göttinnen wie Venus (ich schaue fast jede wolkenlose Nacht zu ihr auf) oder Aphrodite werden bekennende Dionysos & Bacchus-Jünger eher meiden. Von solch einem göttlichen Mobbing kann ich einige Lieder singen, oder auch grölen.

Aber lassen wir mal die Götter beiseite, denn einen mythologischen Gott der Einsamkeit gibt es nicht, obwohl ich das als eine kleine Fehleinschätzung der uralten Griechen und Römer sehe.

Howard`s „Nachts, wenn alles schläft" traf mich im Knast besonders hart und verursachte mir viele schlaflose Nächte.

Manchmal half es, wenn ich Millionen von Kindern einfach unter der Hand in den berühmten „Tschurifetzen" schleuderte. Mein Trost: Dafür musste ich keine Alimente zahlen.

Ein ebenfalls sehr bekannter Kollege von Howard Carpendale namens Christian Anders sang sich ebenfalls vor langer Zeit mit "Einsamkeit hat viele Namen" an die Spitzen der deutschsprachigen Hitparaden. Heute nennt man sie Charts. Christian ließ in seiner sexuellen Verzweiflung auch einen „Zug nach nirgendwo" fahren. Bis heute hat niemand eine Ahnung, wo der Zug sich gerade aufhält, keiner kennt den Streckenverlauf und schon gar nicht den Zielbahnhof. So nebenbei sei gesagt: Man wird sich in Zeiten des Umweltschutzes doch noch Gedanken darüber machen dürfen, oder? Damals waren nämlich auch noch Dampf-Lokomotiven im Einsatz.

Namen sind, erklärt ein ziemlich abgefucktes Zitat auch Sonderschülern, bekanntlich Schall und Rauch, aber ich versuche nach Jahrzehnten dem heute schon greisen Interpreten Christian Anders einige Vorschläge zu unterbreiten, wenn er wieder mal von ungenannten Namen, Zügen und Einsamkeit ein Liedchen singen sollte.

Ich will mal einige vom Einsamkeits-Virus angesteckte und sehr gefährdete Personen aufzählen: Halb- und besonders Volltrotteln, Drecksäue, Rüpeln, Lügner (leiden oft auch am Münchhausen-Syndrom), Empathielose, Egoisten, Narzissten, Prolos, Choleriker, Arbeitsscheue, Verschuldete, Sozialhilfeempfänger und Fake-Profile in sozialen Netzwerken. Aber auch Fett-, Mager-, Schokolade-, Alkohol-, Spiel-, Drogen-, Medikamente-, Porno-, Internet-, Sex-, Gewalt- oder Kaufsüchtige streuen die rasend um sich greifende Volkskrankheit „Einsamkeit" über die ganze Welt. Symptome, die besonders Nachts, wenn man sich allein im Bett wälzt, auftreten. Dagegen nützen weder Alkohol (macht die Birne hohl), plüschige Tierchen, noch eine aufblasbare Gummipuppe.

Heute, im Online-Zeitalter, ist es jedoch sehr viel einfacher, von der öden Einsamkeit in die nicht immer harmonische Zweisamkeit zu wechseln.

Besonders einsame Männer müssen heutzutage nicht einmal mehr den Arsch aus dem Sofa heben, um mit Hilfe des Computers der depressiven Einsamkeit wenigstens für kurze Zeit zu entfliehen. Sie können sich fast rund um die Uhr, also auch spät Nachts, neben einer Pizza auch eine spritzige Zweisamkeit per Hauszustellung liefern lassen. Potentielle Aufreisser brauchen heute auch keine Protz-Schlitten mehr, um Mädels zu beeindrucken, mit denen man ja nicht einmal mehr angeberisch vor Lokalen parken kann.

Es gibt doch so viele vielversprechende Internet-Portale, wo sich laut Werbung alle 11 Minuten ein Einsamer in eine Einsame, oder umgekehrt, verliebt. Wohlgemerkt: Nicht einmal 12 Minuten dauert die Suche! Auch für die Elite wie Akademiker gibt es ein passwortgesichertes Hintertürchen, um vielleicht eine fleißige Hobby-Hure, fast schon resignierende Putzfrau, alleinerziehende Mütter mit fünf hungrigen Kindern oder eine nette Hausmeisterin kennenzulernen. Manche der Suchenden sitzen sogar mit einer Stoppuhr vor dem PC, denn man will die ausschlaggebende, alles entscheidende elfte Minute nicht verpassen. Der Vorteil dieser „elitären" Partnersuch-Seiten: Auch Leute ohne Schulabschluss promovieren von einer Sekunde zur anderen zu Doktor*innen, Ingenieur*innen, Künstler*innen, Hotel-Erben, die nicht einmal mit den Hotels vom Monopoly-Spiel was anzufangen wissen, oder werden blitzschnell zu selbsternannten Generaldirektoren oder Aufsichtsräten. Manche „Suchende" erwarten eine große Erbschaft (oft nicht einmal das halbleere oder halbvolle Sparschwein von der Erbtante, deren Gesicht sogar noch im erst kürzlich bezogenen Armengrab eine Zornesfalte aufweist) und die kleine Jacht, die im Hafen von Monaco vor Anker liegt, wartet ja geduldig auf eine Spritzfahrt in südlichere Gefilde, die man bei rauem Seegang aber auch per Privat-Jet erreichen kann. Wenn es auch nur das Plastikboot in der Badewanne oder der selbstgebastelte Papierflieger ist. Bevor die Dunkelheit ihren Dienst antritt, noch einen kleinen Rat:

In der Nacht lauern tatsächlich viele Gefahren und massenhaft Chamäleons, die nicht nur ihre Farben nach Belieben wechseln können. Wenn Sie mehr über Tages- und nächtliche Gefahren erfahren wollen, fragen Sie bitte einen der zahlreichen Experten wie Opfer oder deren Angehörige, Polizisten, Türsteher oder Security- Angestellte. Aber auch Gerichtsmediziner und Bestatter geben gerne Auskunft über die Gefahren von immer wieder einbrechenden Nächten, von denen keine einzige tatsächlich „heilig" ist...

Schwerhöriger Gott, erhöre mich doch endlich!

Angenommen, eine gewisse Frau Maria, Ehefrau eines Tischlers namens „Pepi", würde heutzutage einem Gynökologen erzählen, dass sie ein heiliger Geist geschwängert habe und sie sei trotzdem noch immer Jungfrau? Was würde der Arzt wohl denken? Wahrscheinlich das Gleiche wie über den langhaarigen, etwas irre dreinschauenden Patienten auf Pavillon 8, der von sich behauptet, "über Wasser wandeln zu können".
Freddy Ch. Rabak

Neulich las ich im Internet: "Gott erhört Gebete, ER weiß, was uns zum Besten dient und kommt mit Seiner Hilfe".

Ich war überzeugt und begann, auch zu beten, obwohl ich mir nicht sicher bin, bei wem ich um eine unbürokratische "Erste Hilfe" ansuchen sollte: Direkt beim Generaldirektor der GesmbH (Gesellschaft mit beschränktem Hirn) oder seinem Co.- dem nicht einmal verheirateten Sohn? Oder sollte ich mich mal bei Gottes Schwiegertochter und Vorzimmerdame Maria mit ein paar "Gegrüßest seist Du Maria" einschleimen? Diese einzigartige Frau, die sogar unter allen Weibern, die jemals diese Welt betraten oder verlassen haben, "gebenedeit" war?

Ich entschloss mich, den von so vielen geliebten "Herrn (so nennen ihn ja viele Gläubige) Jesus" zu kontaktieren und druckte mir aus dem Internet sogar extra ein paar schon vergessene

Gebete aus, um mich als Arschkriecher zu tarnen und IHN zu täuschen.

Ich bat den durch Wunder berühmten Jesus und auch seinen Daddy doch nur um ein paar Nebensächlichkeiten, wie z.b., dass er mir beim Ausfüllen eines Lottoscheins die Hand führen möge oder darum, einen einflussreichen Herausgeber einer Zeitung kennenzulernen, der mich, wie viele andere, zu einem Star machen würde. Er hat mich, trotz innigsten "Ich bitte Dich, erhöre mich" bis jetzt nicht erhört. Vielleicht sollte ich mal aus Höflichkeit "per Sie" mit ihm und seinem Erben kommunizieren?

Dabei bete ich immer deutlich und inbrünstig ein "Mein Gott, erhöre mich"!

Nun wurde ich schon bescheidener und bitte Dich täglich, dass DU mir wenigstens den Rasen mähst. Wäre doch ein Wunder und Dein Stellvertreter auf Erden würde mich vielleicht sogar in seinen prunkvollen Palast einladen?

Bitte, bitte! Samstag starte ich, wenn ich hoffentlich mit Deiner Hilfe einen Lottoschein ausfülle, den allerletzten Versuch. Auch den Rasenmäher werde ich über Nacht im Garten parken. Ich werde dafür, ich schwöre es bei Deiner ganzen Familie samt Heiligem Geist, auch keine Unkeuschheit mehr begehen. Ich denke auch nicht einmal mehr daran, mir Viagra zu besorgen!

Also, was ist? Kommen wir ins Geschäft, mein lieber Herr?

PS: Vergiss eines nicht, Herrgott: Schließlich starben schon sehr viele Götter und sogar schöne Göttinnen, wie die zauberhafte Venus!

PPS: Wenn Du mich noch immer nicht (er-)hören willst, gebe ich Dir einen guten Tipp: Der Hartlauer hat günstige Hörgeräte im Sonderangebot!

Gedanken zu meinen möglichen Todesarten...

Es wird Bordelle geben
und wir werden nimmer leben, Hollodrio...
Freddy Ch. Rabak

Heute saß ich am Balkon, um den nikotinhaltigen Rauch meines Tschicks in die nicht ganz saubere Umwelt zu blasen. Während ich über Gott, meine Frau und die Welt sinnierte, fiel mir wieder einmal Verrücktes ein, das ich in meinem Gemütszustand gar nicht so abwegig fand:

Was wäre, nehmen wir es einmal an, wenn ich eines Nachts im Tiefschlaf oder gar tagsüber, mitten beim fast schon erledigten Stuhlgang, plötzlich, ohne Vorwarnung, von einer Sekunde auf die andere, sterbe? Ich würde nie die Ursache meines schnellen Todes erfahren und auch nicht, ob wer so nett wäre, quasi als eine Art letzten Dienst, das endgültig letzte, von mir ausgeschiedene Produkt eines vorher noch voll intakten Darmes, herunterzuspülen. Als Toter werde ich nie erfahren, wer mir den Arsch ordentlich auswischt und das weiße Tableau im Thron mit der Häuselbürste wieder weiß poliert. Ich werde nicht einmal ein höfliches Danke sagen können...

Im eigenen Bett zu sterben wäre ja für alle Beteiligten viel einfacher. Die Männer von der Bestattung, eine Art von Paketdienst, würden mit trauriger Miene erscheinen, mich sorgfältig einpacken, mir hoffentlich kein Kreuz in die Hand drücken (lieber ein Porno-Heft) und sich mit der nicht besonders leichten Fracht von meiner Frau würdevoll verabschieden. Natürlich nicht, ohne vorher den in den Beerdigungs-Unis erlernten Gesichtsausdruck aufzusetzen, um mit einem tiefen Blick die Aufmerksamkeit meiner Witwe auf die offene Handfläche zu lenken.

Ich zündete mir zur Ablenkung noch eine Zigarette an und vertraute den Bäumen in der Nähe, dass sie den Rauch und den Schas, den ich gerade ließ, entsorgen würden.

Als morbider Wiener dachte ich weiter an den Tod, besonders meinen, und wieder stellte ich mir Fragen, die sich kaum einer meiner Leser*innen gestellt hat:

Was passiert, nachdem ich vielleicht mit dem Auto tödlich verunglücke? So „Zack, zack", wie einst ein kurzer Spruch von der Insel Ibiza die Welt bereicherte.

Ich würde als Leiche nie erfahren, ob ich der Schuldige beim Crash war, was mich tödlich verletzte und auch nicht, wie es dem Lenker und den Insassen des anderen Autos ergangen ist. In weiterer Folge erfahre ich auch nicht, ob mir gegen meinen

Willen Organe, wie meine Raucherlunge oder die nicht mehr ganz intakte Fettleber, für eine Transplantation entnommen werden. Aber auch bei der Fleischtheke im Supermarkt bekommt man nicht immer frisches Fleisch...

Niemand wird mich aufklären, wie hoch die anfallenden Begräbniskosten, natürlich ohne die Anwesenheit eines Pfarrers, sind, weil ich bei salbungsvoll gesprochenen Fake-Lobhudeleien keine Zornesröte im fahlen Gesicht bekommen will. Ebensowenig will ich im Grab rotieren. Ich möchte doch- ich nippte an einem Whisky- viel lieber neben ehemaligen Säufern, Obdachlosen, Drogenabhängigen und eben Armen in einem Armengrab verscharrt oder auch beigesetzt werden.

Sollte ich vielleicht, als an chronischer Flugangst Leidender, entgegen aller Wahrscheinlichkeiten doch mal bei einem Flugzeugabsturz ums Leben kommen, denke ich an folgendes Szenario:

Mein angeschnallter Körper ist verkrampft, es vergehen endlos lange Minuten der Angst inmitten von laut betenden, schreienden, weinenden und verzweifelten Passagieren, die neben, unter oder gar ober mir unfreiwillige Purzelbäume schlagen und wir alle warten auf den Moment, der in Filmen am Schluß als „Ende" aufscheint. Ich denke an den Aufprall, der mich schlußendlich zerfetzt und verbrannt als Puzzleteile für Leichenteil-Sammler zwischen Rüben oder Mais zurück lässt. Es ist ein fürchterlicher Gedanke. Auch für jene, die dieses Puzzle wieder zusammensetzen wollen.

Leider würde ich auch nie erfahren, was meine Frau von der Versicherung als „Schmerzensgeld" (obwohl ich nie Schmerzen hatte!) erhalten würde.

Nicht auszudenken, wenn sie auch an Bord wäre und irgendein Arsch kassieren und auch erben würde. Auch Ruth leidet an einer gewissen Form der Flugangst, an einer Kinderkrankheit.

Sie verträgt auf engem Raum keine schreienden, in den Vordersitz tretenden, hyperaktiven Kinderlein, die nur Schleimer süß und lieb finden...

Ich schob diese Spekulationen über Kinder im Billigflieger weiter, also ganz weit weg von mir, und tröstete mich damit, dass Strichfilosofien nun mal keine Philosophien sind. Oder machten sich schon ein Galileo Galilei, Dante Alighieri oder Immanuel Kant über Autounfälle oder Flugzeugabstürze Gedanken? Nein! Aber vielleicht über den Sinn des Lebens einer Stuben- oder Fleischfliege?

Vielleicht tat dies zumindest der ehemalige Bürgermeister von Wien, Dr. Michael „Michi" Häupl? Immerhin ein promovierter

Biologe. Doch wozu sollte er sich auch um die Phantasien, den Trieb und das Verlangen von Fliegen kümmern- schließlich stehen diese Tierchen überhaupt nicht auf Spritzwein.

Ich fragte mich mit nachdenklicher Miene und während ich die Zigarette ausdrückte: Was denkt sich so eine kleine, lästige Fliege dabei, wenn sie auf einem Haufen stinkender Scheiße landet, um danach in einer Küche frei herumliegende Lebensmittel ohne Fluglotsen anzusteuern? Vielleicht sogar auf einem Schnitzerl ihre Fliegenscheiße abzulegen?

Freut sie sich wie ich, wenn ich früher geil in ein Puff wankte oder hungrig, auch in der Jetzt-Zeit, ein gutes Restaurant besuche?

Mir kostet das Geld, aber der Fliege könnte es das Leben kosten, wenn ich nach der Fliegenklatsche greife, sollte sie in erreichbarer und erschlagbarer Position zwischenlanden.

Wir werden nie etwas über die Psyche und das blödsinnige Verhalten der Scheiß-Fliegen erfahren, denn es werden bei Fliegen und anderem Ungeziefer keine Gehirnströme gemessen. Ich erfuhr auch nie, warum mich in Spanien Cucarachas (Schaben) im sechsten Stock besuchten, obwohl unter mir auch Wohnungen waren. Aber es wird alles, worüber ich mir heute Gedanken machte, auch für einige Generationen nach mir ein

Geheimnis bleiben.

Eigentlich wollte ich auch über die Gefühle und das sexuelle Verlangen von Wanzen, Zecken und Gelsen schreiben, wenn sie genüsslich unser Blut saugen, doch ich schließe mit dem berühmten, trotzigen Zitat des Politikers Sebastian Kurz „Genug ist genug" ab und dämpfe meinen letzten Joint aus, um an was ganz Alltägliches wie Bier zu denken...

Männer der Ehre

Auffällig: Pech, Krankheiten und der Tod schlagen immer zur falschen Zeit zu.
Freddy Ch. Rabak

Wenn mal von kriminellen „Ehrenmännern" die Rede ist, denkt man unwillkürlich an die Mafia und ihre Hierarchie. Auch an die fiktive Figur des Paten Don Corleone, den Marlon Brando hervorragend im Film „Der Pate" darstellte. Der Bestseller-Autor Mario Puzo wurde durch den Mafia-Boss Francesco Castiglia, auch bekannt als Frank Costello, zu dem Buch inspiriert.

Costello wurde auch „Prime Minister" genannt, weil er sich durch Bestechung großen Einfluss bei Politikern und Polizei verschaffte. Angeblich ermöglichte er es dem damaligen FBI-Chef J. Edgar Hoover (wenn der nicht gerade als Frau verkleidet herumlief), regelmäßig bei Pferderennen zu gewinnen.

Im Gegenzug behauptete Hoover dann in den Medien, dass so etwas wie ein überregionales Verbrechersyndikat in den USA gar nicht existiere.

Ehre spielte auch bei dem äusserlich sympathischen und sehr eleganten Mobster John Gotti- ein brutales Oberhaupt der Gambino-Familie in New York- eine große Rolle. Er posierte gerne für die Medien und der Narziss ahnte nicht, dass unterdessen seine Wohnung und ein Club vom FBI verwanzt wurden.

1992 ging es für den Boss aller Bosse in den Knast, als sich frühere „ehrenwerte Familienmitglieder" durch den Druck des FBI gegen Gotti wandten und vor Gericht gegen ihn aussagten. Wenn es um Geld, Macht oder in dem Fall um das eigene Leben oder die eigene Freiheit geht, ist „Ehre" das, was es tatsächlich ist: Eine Wortschöpfung. Wie das in Wien schon sehr antiquierte „Pülcher-Ehrenwort", von dem sogar der bekannte Soziologe, Autor und „Strich-Experte" Univ. Prof. Dr. Roland Girtler noch immer schwärmt. Nicht zuletzt, weil er mit einem Boss der Wiener Unterwelt, dem „schönen Ederl", zufällig im Krankenhaus lag und Feldforschungen im Milieu anstellte.

*

Corleone ist eine kleine Stadt in Sizilien, wo einst die nicht besungene Wiege der italienischen Mafia stand. Der erste Mafia-Boss der Geschichte war angeblich ein gewisser Salvatore Cutrera in den 1880er–1893 Jahren. Diese „Gemeinschaft der Unheiligen" half Anfangs den damaligen adeligen Schloß- und

Grundstücksbesitzern, ausstehende Pachten und Mieten von verschuldeten oder zahlungsunwilligen Bauern einzutreiben. Doch damit begnügten sich die ersten Mafiosi natürlich nicht lange- auch sie wollten Geld, Macht, Besitz und Reichtum.

100 Jahre später spielte sich in vielen deutschen Großstädten und auch in Wien ähnliches ab.

Nach dem Fall des Eisernen Vorhangs kamen viele billige, scheinbar willige, aber skrupellose Mädchenhändler, Zuhälter, besonders schlagkräftige Bodyguards- darunter viele Meister verschiedener Kampfsportarten- in den Westen und wurden von den damaligen Gürtel- oder Reeperbahn-Bossen als "Bugeln" mit offenen Armen empfangen. Diese Männer planten jedoch das Gleiche wie die ersten Mafiosi in Corleone, wo ihre ehemaligen „Adels-Bosse" zur leichten Beute, zu Bittstellern und Befehlsempfängern von echten Bossen wurden. Auch sie planten mal mit "Das sind meine Autos, das sind meine Häuser und das sind meine Frauen" nicht nur zu prahlen, sondern stillschweigend zu genießen und so manche ehemalige Besitzer pompöser Bordelle, Casinos, Bars und Clubs sind nun die Angestellten ihrer ehemaligen Angestellten...

*

In den diversen Unterwelt-Dynastien dieser Welt, wie in Japan (Yakuza), Russland (Russkaja Mafia), Amerika und besonders in Sizilien und Palermo ist und war die Ehre ein in jedem Mitglied fest verankertes Fundament. Ein Dogma, das alle Angehörigen der Organisationen neben den aktuellen Paten und auch Gott zu achten hatten. Schließlich baten viele Auftragskiller (jeder Mord musste vom Paten befohlen oder abgenickt werden) nach einer Exekution im Beichtstuhl Gott um Vergebung, beteten ein paar "Papa unser" und spendeten dem Pfarrer eine „Kleinigkeit". Natürlich nur für den „guten Zweck" wie eine neue Glocke oder Renovierungsarbeiten an Kirchen. Jaja, auch ein paar Gräueltaten trübten kaum das Verhältnis zwischen organisierter Kriminalität und ebenso straff organisierter Frömmigkeit. Man arrangierte sich doch auch einst mit dem NS-Regime und die damaligen „Kirchen-Paten" zeigten den Nazis nicht den Stinkefinger, sondern nur eine rechte, erhobene Hand. Von den europäischen, meist aus dem arabischen Raum stammenden "Familien-Clans" oder den pseudo-religiösen Gemeinschaften mit mafiöser Struktur wie die "Sklavenhalter" der Sekte "Scientology" ganz zu schweigen.

*

Kürzlich sah ich auf ARTE eine Doku über die Machenschaften der Mafia in Kalabrien, die sich dort „Ndrangheta" nennt. Rein zufällig wurden im Ort Santa Domenica Talao in der Provinz Cosenza 60 Tonnen Krankenhausmüll entdeckt, die illegal in einem Firmenofen verbrannt werden sollten. Ein Jahr später strandete das Schiff „Rosso", das vermutlich Giftmüll transportierte, nahe dem Küstenort Amantea. Das Schiff wurde abgewrackt – was mit dem Müll geschah, bleibt Spekulation. Große Teile der tödlichen Fracht werden im nahe gelegenen Tal Oliva vermutet, wo durch Analysen toxische Substanzen und Cäsium-137 im Boden festgestellt wurden. Mehr als 100 solcher Schiffe sollen im Mittelmeer mit Giften jeder Art an Bord versenkt worden sein (Quelle: ARTE/Mediathek).

Große Müll-Lieferanten wie Frankreich und Deutschland halten sich als „Stammkunden" strikt an das Gesetz der Omerta: Sie schweigen und benützen Kalabrien weiter als „Müllplatz Europas".

Eine wunderschöne Landschaft am Meer, wo in vielen schönen Dörfern und Städten Menschen wie die Fliegen an Krebs sterben. Fast jede Familie ist betroffen und die verantwortungslosen „Familien", korrupte Politiker und hohe Polizeibeamte werden reich und noch reicher. Ich glaube, man sagt „steinreich" dazu.

Da sage ich nur, voll Wut im Bauch, „Ehre wem Ehre gebührt".

Auch den leitenden Angestellten von ausländischen Konzernen und Firmen, die dort involviert sind und ebenfalls am Leid der Menschen, die wegen der Gier gewissenloser Unternehmer und Mafiosi langsam ermordet wurden und werden, verdienen.

*

In der Realität ist die Ehre der Ehrenmänner reiner Quatsch und Selbstbeweihräucherung diverser Bosse, die sich damit unbedingten Gehorsam, Treue, Anbetung und Loyalität ihrer hörigen Trabanten sichern wollen.

Einer der skrupellosesten "Capo di tutti i capi", also "Boss der Bosse", war Salvatore „Totò" Riina.

Riina war das Kind armer Eltern, die früh verstarben und die "Familia" wurde Riinas neue Familie. Mit 19 beging Riina seinen ersten Mord. Eine Art von "Gesellenprüfung" und er schaffte es damit zum tüchtigen und kaltblütigen Vollmitglied der Cosa Nostra.

Er war der Befehlshaber von weit über hundert "Exekutionen". Darunter "unfolgsame" Politiker, Journalisten, Staatsanwälte,

Richter, Polizeibeamte und unbeteiligte Zivilisten oder Passanten. Im zweiten Mafia-Krieg rottete Riina in einem Vernichtungsfeldzug alle Gegner regelrecht aus. Kurz vor Weihnachten 1982 ließ er den palermitanischen Boss Rosario Riccobono und über 20 seiner Männer an einem einzigen Tag ermorden. "Totò" (nicht der Sänger Toto Cutugno) freute sich sehr darüber und geriet angeblich regelrecht in Euphorie: „Wir haben es sogar besser gemacht als die Amerikaner mit ihrem Valentinstag-Massaker!"

Laut plötzlich "ehrloser" Familienmitglieder (die aus eigenem Interesse lieber ins staatliche Zeugenschutzprogramm wechselten) hatte "Totò" mehrere Dutzend Morde, auch sadistische, eigenhändig ausgeführt.

Einer der Killer gestand, vermummt und vor laufender Kamera für eine TV-Doku, mit eigener Hand ca. 100 Menschenleben liquidiert zu haben. Auch seinen eigenen Onkel, den er vor den Augen dessen anwesender Frau in deren Küche erschossen hat. Natürlich nur, um ihn vor der qualvollen Erdrosselung zu bewahren. Ein grausames, fast rituelles Schicksal, das seinem anderen Onkel widerfuhr.

Riina galt über 20 Jahre als "flüchtig", obwohl er sich aller Wahrscheinlichkeit nach die ganze Zeit in Sizilien aufhielt. Dabei flocht er seine Netze noch weiter und baute sogar seine Machstellung in der Mafia aus. Nachweislich verbrachte er einige Jahre in Palermo und stand unter dem Schutz der Familie im palermitanischen Stadtviertel Noce. Das war über all die Jahre nur möglich, weil er auf Grund von Bestechungen, Interessenverflechtungen und natürlich Einschüchterung unter dem Schutz der damaligen sizilianischen Regierung und der sehr mächtigen Partei Democrazia Cristiana stand. Das "Genick" brachen "Totò" 1992 und 1993 die aufsehenerregenden Anschläge an den Anti-Mafia-Richtern Giovanni Falcone und Paolo Borsellino. Die schrecklichen Attentate, bei denen mehrere Menschen ums Leben kamen, unter anderem auch Polizisten, Leibwächter und die Frau Falcones, lösten eine heftige Protestwelle aus und die Politik und Behörden mussten endlich handeln. Der 1,58 Meter große Riina wurde auch „U curtu" genannt. Wenn auch nicht von den ihm treu ergebenen Anhängern und natürlich auch nicht, wenn er persönlich anwesend war. Treffender waren seine weiteren Spitznamen: „La belva", die Raubkatze, und „la bestia", die Bestie.

Als er mit 87 im Gefängnis starb (von wo er bis zu seinem Tod noch immer seine Marionetten gesteuert hat), war sein ältester Sohn Giovanni nicht an seinem Totenbett. Er sitzt wegen vierfachen Mordes im Gefängnis.

*

Es gibt ein bekanntes "Hollodrio"- Wienerlied, das lautet "Es wird ein Wein sein und wir werden nimmer sein. Wird schöne Madeln geben und wir werden nimmer leben."

Es wird auch grenzenlose Mafia-Strukturen geben und diese "Bros" und "Familien" werden ihre Machtbefugnisse schneller ausbauen als die ÖBB ihre Schienen. Es wird auch immer wieder "ehrenwerte" korrupte Politiker, Juristen und Journalisten geben, auch wenn wir nimmer leben.

Den Männern fürs Grobe, den "Soldaten", "Bros" und Mitläufern wird der Begriff Familie, Ehre, Treue und Verschwiegenheit indoktriniert wie religiöse Lehren, in denen man sich neben einer Gottheit auch dem Boss unterwirft und mit dem eigenen Leben und dem der Familie haftet.

In den USA können sogar Schwerverbrecher einen Kuhhandel, sprich Kronzeugenregelung und Zeugenschutzprogramm, mit der Justiz eingehen und zahlreiche Mafiosi oder "ganz normale" Auftragskiller machen immer wieder davon Gebrauch.

Die Verräter" oder "Wamser", wie man in Wien sagt, benützen die "Ehre der Ganoven" als Klopapier, um ihren eigenen Arsch zu retten. Wer glaubt, dass (ehemalige) Unterweltbosse, auch in Österreich oder Deutschland, die drei heiligen "Ganoven-Säulen", nämlich "nichts sagen, nichts hören und sehen" hegen und pflegen, glaubt eventuell auch, dass eine Jungfrau Mutter eines von einem Geist gezeugten Sohnes werden kann, der sogar über eisfreie Seen leichtfüßig spazieren und ohne Flügel fliegen kann. Ohne Red Bull...

*

Für (große) Bosse zählte nur der eigene Vorteil und Machterhalt. Viele arbeiteten fleißig mit befreundeten, hohen Polizisten zusammen, töteten oder verrieten Freunde und besonders gern Bekannte. Hauptsache, man verstand sich halbwegs mit den Behörden, hatte keine Schwierigkeiten und keine Angst davor, dass es bei ihnen, ohne vorherige Warnung, vielleicht mal in der Wohnung oder elitären Bars und Lokalitäten eine Hausdurchsuchung gab. Man ist ja telefonisch erreichbar.

Einige dieser ehemaligen Unterwelts-Legenden gaben sich sogar sehr freundlich, "volksnah", galant und charmant. Das war auch ein genialer Schachzug des Mafia-Bosses Al Capone, der während der Prohibition (1929-1933) zu einem Machtfaktor wurde. Stets in makellosen Nadelstreifanzügen gekleidet und mit extravagantem Schmuck am massigen Körper. Al versuchte auch, sein Image durch hochkarätige Spenden für wohltätige Zwecke zu fördern, doch schließlich wurde er 1931 zu elf Jahren Haft im Bundesgefängnis verurteilt und durfte in Atlanta acht Stunden am Tag Schuhsohlen nähen. Sein Gesundheits- und Geisteszustand verschlechterte sich zusehends und er hatte Schwierigkeiten, damit fertig zu werden.

Das ehemalige Bandenmitglied Red Rudinsky schützte ihn vor Mithäftlingen, denn Capone galt als schwach und verwundbar.

Er wurde zu seinem Schutz auch in das neuerbaute Gefängnis Alcatraz verlegt.

1939 wurde er auf Bewährung entlassen und in ein Krankenhaus gebracht, das sich auf die Behandlung von Syphilis spezialisiert hatte.

Al Capone wurde nie wieder gesund und verbrachte noch, fast unbeachtet, einige Jahre in Krankenhäusern und seiner Villa in Palm Island, Florida. Im Januar 1947 erlitt er einen Schlaganfall und zog sich eine Lungenentzündung zu. Er ist am 25. Januar 1948 mit 49 Jahren verstorben.

Zu seinen "Ehren" noch ein treffendes Zitat von ihm:

Mit einem freundlichen Wort und einer Waffe kann man viel weiter kommen als mit einem freundlichen Wort allein.

PS: Es gibt sehr viele faszinierende Bücher und Filme über die "ehrenwerte Gesellschaft" und zahlreiche "Ehrenmänner". "Radio Blödsinn" sendete erst kürzlich in einem Beitrag: Man sollte den "Männern der Ehre", die von Schutzgeld-Erpressungen, Auftragsmorden, Drohungen, Geldwäsche und besonders vom lukrativen Drogen- und Menschenhandel gut leben, vom zuständigen Kultur- oder Europa- & Integrations-Minister für ihre Verdienste den bei Richtern in den USA üblichen Ehrentitel "Euer Ehren" statt "Pate" verleihen. Übrigens, warum gibt es keine Filme oder Bücher über harte und mächtige "Frauen der Ehre"? Wird doch keine Saudi-Arabische oder die Religionspolizei-Mafia des Irans dahinter stecken? Oder gar der eigentlich Frauen sehr nahe stehende Männergesangsverein des Vatikans und seine nicht mehr kastrierten Chorknaben?

Ein altes Sprichwort sagt: Besser arm in Ehren, als reich in Schande!
Die Zeiten haben sich geändert: Besser reich in Schande als arm in Ehren.
© Willy Meurer (1934 - 2018)

Ich kämpfte lange Jahre mit mir, folgende dramatische und wahre Geschichte, die in Spanien teilweise von meiner Frau Dr. Andrea Hrabak vor ihrem Tod niedergeschrieben und von mir überarbeitet wurde, zu veröffentlichen.

Eine Stimme aus dem Grab...

Gegen das infektiöse Gefühls-Virus Liebe ist niemand immun. Aber auch nicht gegen die akute Blindheit von Verliebten.
Freddy Ch. Rabak

Mein Name ist Andrea und ich bin seit 1. August 96 die Frau von Freddy, den ich am 27. Februar 1995 im Szene-Lokal „Fleckerl" am Rudolfsplatz in Wien kennenlernte. Ich kam als Einzelkind in einer bürgerlichen Arztfamilie 1960 zur Welt und wuchs unter einer goldenen Käseglocke auf, die meine Eltern über mich gestülpt hatten.

Mein kleiner, aber feiner Bekanntenkreis beschränkte sich sehr lange auf Studienkolleg*innen und später bildeten Ärzte aus dem Spital mein eher kollegiales als freundschaftliches Umfeld.

Der "Käse", also ich, gedieh in einer elitären „Elmayer- (der Wiener Schule des guten Benehmens und Anstands) Atmosphäre".

Leider wusste ich noch nicht, wie die Welt außerhalb meiner heilen „Käseglocke" aussah und auch nicht, dass es so viele miese Menschen gab.

Mein Vater war ein angesehener Radiologe in Niederösterreich und das von ihm vorgegebene Ziel meines Lebens war, einmal die sehr gut gehende Ordination in Baden bei Wien zu übernehmen. Zwar wäre ich lieber in der Tourismus- oder Modebranche tätig gewesen, doch der väterliche Wille war stärker und ich beugte mich seinem Wunsch und studierte Medizin. Es lief eigentlich alles im vorgesehenen Trott, bis meine geliebte Mutter an Krebs erkrankte. Als ich Achtzehn war, starb diese tapfere Frau, die als Ärztin den dramatischen Verlauf ihrer Brustkrebserkrankung immer schon im Voraus diagnostizierte. Also promovierte ich im Eiltempo und schaffte mit Vierundzwanzig das Doktorat als Allgemeinmedizinerin. Im Franz-Josefs-Spital begann meine Ausbildung zur Fachärztin, die ich mit neunundzwanzig Jahren erfolgreich abschloss.

Doch dann, eines Tages im November 1991, begann das Schicksal erneut, sich meiner zu erinnern. In der noblen und elitären (Auf-) „Reiss-Bar" in der Wiener Innenstadt lernte ich den „Immobilienhändler" Wolfgang C. kennen. Der große, blonde Mann mit schütteren Haaren imponierte mir mit seinem gepflegten Auftreten und seinem „Schmäh". Er war gut gekleidet, hielt ein Glas Sekt in seiner gepflegten Hand und begann, mit mir charmant zu flirten. Ein scheinbar weltmännischer "Märchenprinz" im feinen

Zwirn und ich kam mir vor wie ein unerfahrenes Mädchen, das unter seiner Käseglocke neugierig die scheinbar große, feine Welt beschnupperte. Ich glaube, wir beide träumten: Ich von der großen Liebe, er vom großen Geld. Besonders, als er den Job meines Vaters erfuhr. Wir unterhielten uns und leider bemerkte ich den Dampf in seinen Plaudereien nicht...

In der Wiener „Auf-Reissbar" begann etwas, was in keiner Operette und in keinem Wienerlied fehlen darf. Mein Herz tanzte einen Walzer und imaginäre Geigen fiedelten *Dein ist mein ganzes Herz*. Mit jedem Schluck Sekt pumpte mir das sehr pulsierende Herz viel Röte ins Gesicht und eine zarte Rose erblühte in mir.

Bereits nach wenigen Monaten heirateten wir in Velden am Wörthersee und Wolfgang verabschiedete sich schon zwei Tage nach der Trauung, weil er wegen „dringender" Geschäfte nach Bratislava musste. Zu seiner slowakischen Geliebten... und auch Komplizin. Meine väterliche Mitgift, ein Haus in Seebenstein, verkaufte der Herr „Makler" binnen eines Monats nach der Hochzeit, um mit dem Erlös „für unsere gemeinsame Zukunft ein Haus in Amerika zu kaufen".

„Sicherheitshalber" packte er auch teure Wäsche von mir, Schmuck und wertvolles Geschirr in einen Container nach

Miami. Seine Begründung: *Damit du dich beim Umzug net abschleppen musst...* Sechs Wochen später machte er sich mit 1,7 Millionen ATS auf den Weg nach Übersee...

Das zarte Pflänzchen wurde bald brutal von Maßschuhen zertreten. Warum hat mich das Schicksal nicht schon damals in ein Beisel am Gürtel geführt und ich hätte vielleicht viel früher meinen jetzigen Mann Freddy kennengelernt?

Meine Liebe zu ihm ließ ihn mein Denken und Handeln manipulieren. Dabei gab es genug Gründe, die meinen Verstand hätten aktivieren müssen. Fast jeder Abend war für ihn ein "Herrenabend" und um diese spendablen Nächte meines Gemahls in diversen Puffs finanzieren zu können, arbeitete ich fast pausenlos im Spital oder half in der Ordination meines Vaters. Wolfgang verkokste, versoff und verhurte meinen Verdienst und die nicht unbeträchtlichen finanziellen Zuschüsse meines Daddys. Er betrog auch Freunde und sahnte ab, wo es "Schokolade" gab.

Seine slowakische Geliebte fuhr inzwischen mit meinem 500er Mercedes-Cabrio mit dem Badener Kennzeichen DOC-1 sehr vornehm in der Wiener City spazieren. Auch den Wagen verkaufte mein mich so sehr liebender Mann bald und steckte den Erlös ein. Er brauchte ja Geld für unser zukünftiges Heim in Florida oder Kalifornien. Ich drückte meine verliebten Augen wieder zu und träumte weiter von einem glücklichen Happy-End.

Natürlich hatte er sich auch von meinem Vater noch eine wertvolle Uhr „ausgeborgt", bevor er wieder einmal "geschäftlich" in die USA, also die Dominikanische Republik, „musste".

Wir trennten uns schließlich wieder einmal, weil ich von seiner Kokserei und den Bordellbesuchen erfahren habe. Ich war hart am Boden der Realität aufgeschlagen und unternahm aus Verzweiflung zu Hause einen Selbstmordversuch mit Tabletten.

Doch in Gestalt meines Vaters nahte die Rettung- er wollte mich in meiner Wohnung unangemeldet besuchen und nach langem Klopfen und Läuten betrat er schließlich mit seinem Schlüssel die Wohnung und fand mich bewusstlos im Bett liegend auf. Nach einem einwöchigen Klinik-Aufenthalt kehrte ich wieder zu meinem „nicht liebenden Mann" zurück, obwohl er mich kein einziges mal im Spital besucht hatte. Wolfgang hatte mir wieder einmal geschworen, dass alles wieder gut und er sich ändern würde.

Ich Dummerle glaubte trotz all meiner Erfahrungen seinen Schwüren und Beteuerungen. Leider nicht den Warnungen meines Vaters und einer relativ guten Freundin. Immer wieder forderte Wolfgang Geld, das ich von meinem Vater bekam und ihm per Western Union überwies. Es waren oft fünfstellige

Beträge. Am Anfang seiner Flucht vor Betrugs-Anzeigen einiger ehemaliger Freunde von ihm lebte er in der Dom. Republik, was er mir allerdings verschwieg. Er traf mich immer nur für ein paar Tage in Miami. Wolfgang beteuerte später, er wolle mich nicht im Elend der Insel treffen. Heute weiß ich, dass er damals ein inzwischen verkauftes Haus auf der Karibik-Insel besaß und mit seiner Schlampe aus Bratislava dort logierte. Wenn ich mal ausnahmsweise eine ganze Woche in den USA zu Besuch war, hatte er „immer was zu tun" und erweckte bei mir den Eindruck reger Geschäftigkeit punkto Immobilien. Als wir uns einmal auf seinen Wunsch hin in Singapur trafen und vier Tage später nach Bangkok weiterflogen, hatte er angeblich einen Monitor für seinen PC gekauft und in seinem Koffer verstaut. Wolfgang war sehr nervös und bat mich am Flughafen von Singapur und später in Thailand, mit den Koffern durch den Zoll zu gehen- er würde das Handgepäck nehmen. Er ging vor und ich Ahnungslose schleppte mich mit beiden Koffern ab, ohne kontrolliert zu werden. Als ich diese Geschichte später Freddy erzählte, schüttelte der den Kopf und fragte mich, ob ich über die sehr strengen Strafen, sogar die Todesstrafe, für Drogenschmuggel in diesen Ländern Bescheid wüsste. Ich fragte mich viel zu spät selbst : *Habe ich tatsächlich nur Kleidung, Toilettartikel und einen PC-Monitor durch den Zoll geschleust?*

Einsam zurück in Wien, „kümmerte" sich ein Freund von Wolfgang um mich. Er überredete mich, als stiller Teilhaber mit 1,5 Millionen ATS bei einer Boutique einzusteigen. Mein Vater finanzierte das "Geschäft", das der Mann aber bald hinter meinem Rücken verkaufte. Ich schaute erneut durch die Finger und erstattete Anzeige. Die Folge war ein glatter Freispruch für ihn, da er vor dem Gericht irgendwie "glaubhaft" versicherte, ich hätte ihm natürlich alles aus „Liebe" gegeben, obwohl Verträge vorlagen. Bald hatte ich nur mehr einen "Freund", wenn auch gekauft: Alkohol!

Jede Reise zu Wolfgang war ein Fiasko. Er ließ sich die gemeinsame Genossenschafts-Wohnung in Wien von mir um sechzigtausend Schilling Ablöse „abkaufen". Aus "finanztechnischen Gründen", wie er meinte, denn die Mietwohnung konnte nicht verkauft werden. Er verschwieg mir auch, dass ein Kredit von hunderttausend Schillingen bei "Wiener Wohnen" offen sei.

Bei der Überschreibung des Mietvertrages und sogar Jahre später sagte mir kein Mensch von "Wiener Wohnen" auch nur ein "Sterbenswörtchen" über den über Jahre offenen Kredit! Erst als ich 1999 die Wohnung kündigte und nach Spanien zog, musste ich diesen Betrag plötzlich zahlen! Wolfgang rief mich weiter immer wieder an und ich traf mich mit ihm wieder einmal in Miami. Dort ließ ich mich nicht nur mit Worten, sondern auch mit Schlägen breitschlagen und ich zog die Scheidung wieder zurück. Vielleicht wollte ich nur das viele, bereits "investierte" Geld retten oder glaubte wie ein großes, naives Kind an das "Märchen", das einmal in Wien begann...?

Nach einem Besuch im August flog ich im November 94 zu einer allerletzten Aussprache nach Bangkok, die mit einem Cut an meinem Kinn endete. Er schlug mir mit seiner goldenen Rolex, die ich ihm geschenkt hatte, ins Gesicht. Eine Narbe am Kinn erinnert mich noch heute daran. Nicht zuletzt als er mir vorschlug, meinen Vater mit einer Überdosis Medikamente zu "behandeln", war das finale Wort für unsere Beziehung gesprochen. Eine Ärztin, die geschworen hat, Leben zu erhalten, sollte ihren Vater umbringen?

Kurze Zeit später, Februar 1995, lernte ich meinen jetzigen Mann Freddy kennen und lieben. Er öffnete mir die von vielen Tränen und Leid verklebten Augen und ich reichte erneut und endgültig die Scheidung ein. Wolfgang versuchte zwar immer wieder, seine ehemalige Marionette, also mich, telefonisch erneut in sein Drama zu integrieren. Er zog aber vergebens an Fäden, die von mir endgültig durchschnitten waren...

Es folgten nur mehr massive Drohungen. Nie vergesse ich seinen letzten Spruch *...jetzt mach ich dich endgültig fertig, ich ruiniere dich!* am Telefon, und ich reichte wieder einmal um eine neue Telefonnummer ein. Natürlich eine geheime...

Endlich glaubte ich mich gegen einen hohen Preis frei. Am 1. August 96 heiratete ich Freddy und er gab sein erstes Buch *Blödsinn* als Einzelperson, ohne Verlag und Lektor, heraus. Ich nahm auch einen neuen Anlauf und begann zwei Jobs als Radiologin. Mein Vater war inzwischen mit 74 Jahren in Pension gegangen und hatte die Ordination schon vor meiner Ehe mit Freddy verkauft, damit die nicht auch noch in Wolfgangs Hände fiel. Es waren zwar nur Teilzeitjobs, aber ich freute mich über die Abwechslung und neue Inhalte in meinem Leben. Freddy war der Hausmann.

Endlich hatte ich in dem Chaos eine kleine Oase gefunden. Bis es am 23.1.97 an der Wohnungstür läutete. Der Briefträger überreichte mir eine von Freddy abonnierte Zeitschrift und einen blauen Brief. Ich dachte im ersten Moment an eine Strafverfügung wegen einer Verkehrsübertretung und öffnete den amtlichen Brief. Daraus flatterte mir die Kopie eines Wechsels auf den Boden, der scheinbar von mir unterschrieben war. Dazu eine Klageschrift, deren Inhalt vor meinen Augen zu tanzen begann, so, dass ich mich setzen musste. Freddy bemerkte meinen Schwächeanfall, las das amtliche Schreiben und wurde ebenfalls blass. Binnen vierzehn Tagen seien an einen mir unbekannten Baumeister, einen Herrn Josef V., eine Million und vierhundertneunundzwanzigtausend Schilling samt sechsunddreissigtausend Schilling Gerichtskosten zu bezahlen. Die Zahlung sei sofort zu erfolgen.

Rückblende:

Die Klage war von einem nicht gerade "honorigen" Anwalt aus Österreich eingebracht worden. Nie hatte ich so etwas unterschrieben! Doch dann erinnerte ich mich an einen Besuch, bei dem ich Wolfgang wieder einmal fragte:

Wo ist das Geld, meine Garderobe, der Schmuck, das Rosenthal-Geschirr und die Wohnungseinrichtung? Wolfgang beruhigte mich wieder einmal und meinte, er habe schon alles in die Wege geleitet. Ich solle nur noch bei einem Notar eine beglaubigte Unterschrift leisten. Wieder ließ ich mich "einkochen". Sollte alles wirklich erneut nur Lug und Betrug sein? Konnte der geliebte Mann so berechnend gewesen sein? Meine erste, große Liebe? Ich hatte doch nicht nur Geld, sondern auch meinen Glauben, meine Hoffnungen und schönsten Träume auf ihn gesetzt und sogar meine Karriere als Ärztin.

Wir suchten einen Anwalt auf und ich unterschrieb dort einen

Blanko-Wechsel und ein leeres Blatt Papier.

Er hatte darauf in kleiner Schrift diverse Einrichtungsgegenstände meiner Wohnung und deren Wert eingefügt. Der Betrag von knapp eineinhalb Millionen setzte sich aus diversen Einrichtungsgegenständen in der Wohnung zusammen. So die "(un-)vergoldeten" Beleuchtungs-Spots, Fliesen, Türen, Fliesen-Böden, Tresor usw. Ein Einbau-Schrank aus Kirschholz war laut des scheinbar von einem Nachfahren Münchhausens gefakten "Dokuments" sogar 210.000 ATS wert!

Nun, Jahre später, forderte also ein mir total unbekannter Mann eineinhalb Millionen Schilling und ließ den Wechsel platzen! Wie viele vermuteten, um mit Wolfgang abzuteilen und ihm die weitere Flucht zu ermöglichen. Meine Rechtsschutzversicherung weigerte sich, einen Anwalt zu zahlen. Sie verwies auf das von meinem Ex-Mann eigenhändig eingetragene Datum auf dem Wechsel: August 94. Dem Herrn "Baumeister" war übrigens der Titel entzogen worden und er lebte von der Notstandshilfe, wie die auch nicht billigen Recherchen eines Privatdetektivs ergaben. Nach seinen Ermittlungen war der schwer verschuldete Herr Baumeister die letzten Jahre in keinem Ausland, nicht einmal in einem anderen Bundesland außer in Wien. Auch nicht in Thailand, wo sich Wolfgang inzwischen versteckt hielt. Der

Baumeister musste sich laut Privatdetektiv, einem ehemaligen Kriminalbeamten, sogar des öfteren Geld für ein Bier ausborgen und lebte auf Untermiete in einem abbruchreifen Haus in Klosterneuburg. Mit welchem Geld der Säufer wohl die hohen Anwaltskosten seines klagenden "Staranwaltes" L., der einmal sogar Staatsanwalt war, aber gefeuert wurde, wohl bezahlt hatte? Man braucht nich dreimal zu raten.

Ein SV-Gutachten ergab:

Es war meine Unterschrift. Das Gutachten eines Schriftsachverständigen kostete die "Kleinigkeit" von zehntausend Schilling, obwohl ich die Urheberschaft der Unterschrift nicht bestritten habe. Auch meine Anwaltskosten waren "geschmalzen". Aus Unsicherheit wechselte ich dreimal den Anwalt und bezahlte insgesamt über zweihunderttausend Schillinge an Honoraren für den gefakten Wechsel eines gesuchten Betrügers! Hätte die Polizei den internationalen Haftbefehl schon am Anfang seiner Flucht (die Behörden wussten von seinem Aufenthaltsort) durchgesetzt, wäre mir wahrscheinlich Vieles erspart geblieben. Nicht nur finanziell! Einer Strafanzeige wegen versuchten Betruges wurde von der Staatsanwaltschaft nicht stattgegeben, obwohl das Verfahren wegen des Betruges an meinem Vater und mir lief! Schließlich bekam mein Ex-Mann Ende 98 freies Geleit und eine

Hauptverhandlung im Landesgericht Wien wurde anberaumt.

Freddy schob meinen an den Rollstuhl angewiesenen Vater als Zeuge wegen der "ausgeborgten" und nie zurückgegebenen Uhr in den Verhandlungssaal und der Richter bremste den Anwalt Wolfgangs ein, der meinen bereits an Demenz leidenden Vater in Widersprüche verwickeln wollte. Da vorne saß ein Mann im Talar, der den smarten Wolfgang, der mit seinen Eltern gekommen war, richtig einschätzte.

Sein Vater und die Mutter waren nette und anständige Menschen und sie wollten natürlich mit ihrem Erscheinen Eindruck schinden. Doch es war nicht sein Tag. Wegen schweren Betruges, begangen an mir, und kleinerer Versicherungs- und Scheckkarten-Betrügereien wie auch nicht geleisteter Alimentationszahlungen erhielt er zehn Monate unbedingt und zwanzig Monate bedingt. Eine Strafe? Wie lange muss ein Mensch arbeiten, um sich so eine Summe zu ersparen? Nun arrangierten sich die Anwälte (der "Kläger" Josef V. war inzwischen gestorben) und auf einmal hatte der Betrüger Wolfgang C, heute Wolfgang I., sogar den Schaden "gutgemacht", nur, weil er auf eine Weiterführung der Wechselklage "verzichtete". Ich wollte und konnte einfach nicht mehr dagegen kämpfen und einer meiner Anwälte, Dr. Michael Graff- er war 1982 bis 1987 Generalsekretär der ÖVP und anschließend deren Justizsprecher im Nationalrat-, riet mir zu einem "Deal" mit dem gegnerischen Anwalt. Ich bestand nicht mehr auf meine Anzeige und mein Ex "verzichtete" auf die 1,5 Millionen ATS...

Dadurch wurde bei seiner Berufungsverhandlung die Strafe auf acht Monate "fest" und sechzehn Monate bedingt reduziert.

Inzwischen prahlte mein Ex noch immer mit einer Platin-Kredit-Karte in Wiener Bars und Lokalen: *Mit der kann i mir an Royce kaufen!*

In Spanien lief das Leben an mir spurlos vorbei. Ich hatte zwar viel Sonne am fast immer blauen Himmel und das Meer praktisch vor der Haustür, aber es machte mich nicht mehr glücklich. Freddy schlug mir vor, Hypnose zu lernen und eine Praxis aufzumachen, doch ich hatte auf nichts mehr einen Bock. Ich vermisste meine einzige Freundin und Kollegin in Wien. Ebenso gutes Theater, Kabaretts, Lokale, Heurige und Restaurants. Einfach auch den Tratsch und Klatsch in netten Kaffeehäusern. Dazu kam, dass ich Beschwerden mit der Leber bekam und zweimal auf der Straße zusammenbrach. Einmal fuhr mich Freddy mitten in der Nacht fast 2700 km nach Wien ins Krankenhaus, wo meine Freundin als Oberärztin arbeitete. Nach drei Tagen wollte ich aber heim und „checkte" vom Spital und der Wiener Mietwohnung aus.

Wir fuhren wieder heim nach Denia, das ich nicht als Heimat empfand.

Freddy erteilte mir strengstes Alkoholverbot und leerte alle Flaschen Wein aus. Am siebenten Tag meines Entzugs bat ich meinen Mann, der gerade einkaufen war, fast flehend, mir eine Flasche Wein aus dem Supermarkt mitzubringen. Er meinte *Puppi, jetzt haben wir es sechs Tage ohne Alkohol geschafft, die paar harten Tage werden wir auch noch schaffen...*

*

Andrea schaffte es nicht.

Am 18. März 2007 stürzte sie sich, während ich mit unserem Bullterrier-Mädchen Luzia Gassi war, von der Terrasse unseres Penthouse in Denia sechs Stockwerke in die Tiefe. Der narzisstische Psycho- und Soziopath Wolfgang hatte ihr nicht nur viel Geld und Besitz, sondern auch den Glauben an die Liebe und sich selbst geraubt. Er hatte sie desillusioniert, Andreas Lebensziele ausradiert und sie indirekt zu einer depressiven, schweren Alkoholikerin gemacht. Eigentlich prallte an diesem sonnigen Tag nur ein leerer, lebenssinnbefreiter Körper auf den bräunlichen Bodenfliesen im Innenhof des Hauses in der Avenida Joan Fuster numero tres auf...

Sie wurde 46 Jahre alt.

Post Scriptum

Seit damals suche ich fast jeden Tag auch eine Mitschuld bei mir und ich werde immer wieder fündig. Warum habe ich ihr, als ich an dem verhängnisvollen, aber sonnigen Tag einkaufen war, keinen Wein mitgebracht? Sie hat darum förmlich gefleht. Es hatte aber einen gesundheitlichen Grund, warum ich die "Prohibition" verhängte: Andrea war schon mehrmals, auch auf der Straße, zusammengebrochen und litt an einer Fettleber, wie ein Arzt diagnostizierte. Ich rief zwei Tage vor ihrem Tod heimlich ihre einzige und beste Freundin, die Oberärztin, an, und bat sie, Andrea zu kontaktieren, um sie vielleicht wieder zu einem Spitalsaufenthalt zu überreden. Sie hätte sich allein schon über ein Lebenszeichen ihrer Freundin gefreut...

Vergebens, es kam kein Anruf, auch nicht am Sterbetag meiner Frau.

Ich glaube, dass ein simpler Anruf vielleicht geholfen hätte, dieses Drama zu verhindern. Andrea fühlte sich von allen verlassen. Auch "Freunde" von mir rührten sich kaum bis gar nicht. Kein Wunder, bei diesen "horrenden" Telefonkosten bzw. der "kostbaren Zeit" für eine E-Mail...

Den Blutsaugern, also ihren Bekannten, einem ehemals "befreundeten" Anwalt, dem "vertrauenswürdigen" Juwelier und ihrem Privatkundenberater einer Bank, wünsche ich das, was ich Fliegen, Moskitos und Kakerlaken bei einem unerwünschten Treffen wünsche...

Zwei alte Strizzis in freier Wildbahn...

Die Herrengasse in Wien wird nach dem Willen der Grünen
gegendert und in "HerrInnengasse" umbenannt!
Freddy Ch. Rabak

Der Strizzi ist in der Wahrnehmung vieler Wiener ein kleiner, manchmal sogar liebenswerter Gauner, Pülcher, Falott oder Strawanzer. Leider sind die allermeisten Strizzis mit einem Riesen-Defizit in Sachen Liebe aufgewachsen und mit einer chronischen Affinität gegen Arbeit belastet.

Strizzis lieben natürlich auch, besonders sich. Noch etwas lieben sie sehr: Geld, Schmuck, teure Uhren, auffällige Autos und ein standesgemäßes Ansehen im "Club der Falotten". Einige "stehen" auf Alkohol, Drogen, Glücksspiel, Gewalt, hemmungslosen Sex und natürlich auf die totale Unterwerfung ihrer "Arbeitskräfte".

Der Begriff "Strizzi" stammt übrigens, wie auch die herrliche Mehlspeise Powidltascherln, aus Tschechien. "Strýc" bedeutet "Onkel". Im weiteren Sinne entspricht Strizzi in der Bandbreite etwa dem Strolch, mit der Bedeutung Lausbub für einen ungezogenen Jungen oder Spitzbube für einen Kleinkriminellen (meint "Wikipedia"). Eigentlich hätte ich bei dieser Story die Gegenwartsform meiden sollen, denn Wiener Strizzis teilen das Schicksal der Saurier: Sie sind nämlich ausgestorben, nur noch Krokodile und Warane erinnern ein wenig an sie.

Aber in gewissen "Gaunerschutz-Reservaten" ist der Strizzi noch vereinzelt anzutreffen: In kleinen Revieren namens Grätz'l. Da ist er noch bei seinen Beutezügen nach Tschiks und einem mehr oder weniger guten Glaserl aktiv. Zwischen Würstel- und Kebab-Ständen sucht der alte, einsame graue Wolf oft vergeblich Kontakte mit Weibchen, die vielleicht etwas Erspartes unter der Matratze, dem Kopfpolster oder in einer Kaffeetasse verborgen haben. Wenn das vielleicht schon zahnlose Raubtier mal wieder keine Beute macht, zieht es sich mürrisch in seine kleine Plattenbau-Höhle zurück und verzehrt seine billig erstandene Burenwurst. Deshalb nannte man so manche "Exemplare" auch "Burenhäutlstrizzis".

Der Strizzi flüchtet auch immer wieder vor seinen Jägern: Vor ehemaligen Kumpanen, die er beschissen hat, und vor Gläubigern und Exekutoren, die seine Fährten oft über Jahrzehnte verfolgen, aber selten aufspüren.

In den in Praternähe immer weniger werdenden kleinen Beisl'n, früher auch Branntweiner oder "Quargel-Hittn" genannt, treibt sich der alte Wolf noch ohne jede Scheu herum. Da rennt noch der "Schmäh" und irgendwer, der ihn nicht verdursten lassen will, findet sich fast immer.

Als Chefredakteur von "Radio Blödsinn" suchte ich den Vorgartenmarkt auf und wurde in einer kleinen Imbisss-Stube fündig. Hinter der "Budel" lehnte eine reifere und füllige Mittfünfzigerin, die aber freundlich grüßte, als ich eintrat. Vor der Budel standen zwei Männer. Einer davon, ein schon älterer Herr um die Siebzig, stellte seine typischen, bereits etwas verschwommenen Häfen-Tattoos wie betende Hände, Mädchen mit Strapsen, sowie ein Segelschiff, Herz, Anker und Kreuz zur Schau. Eigentlich zum Wegschauen...

Ich stellte mich neben den Mann an die Theke und bestellte ein Bier. Bald kam ich mit ihm ins Gespräch und stellte mich als Redakteur von "Radio Blödsinn" vor. "Wenigstens nicht von „Radio Vatikan"" lachte der Mann, dessen Gesicht mich an einen Shar-Pei, einen Chinesischen Faltenhund, erinnerte. Ich bat ihn um ein Interview, woraufhin er meinte "Ich bin käuflich, mach mir ein Angebot." "Ein Bier?"

"Oida, i hob zwa Eier und die wollen beide feucht bleiben. Übrigens, ich bin der "schöne Peter", aber gewesen. Bis ma des Schicksal den schwarzen Peter zuwegeschoben hot." Peter grinste, setzte die Flasche an seine ausgetrockneten Lippen und sagte "Prost, dass die Leber net verrost!"

"Prost, Peter", erwiderte ich. Der Mann neben ihm schaute kurz zu uns und vertiefte sich gleich wieder in einer Gratis-Zeitung.

"Wos wüllst wissen?" fragte mich der vielleicht einmal "schöne Peter".

"Deine Ansicht über den Strich, Pülcher, Huren und etwas über Dich."

Der verwelkte Schönling trank mal einen tiefen Schluck aus der Bottel und begann, zu erzählen. Über sein verschissenes Leben, miese Freunde, die vielen kriminellen Ausländer und deren Mädchen, die das Geschäft mit Dumpingpreisen ruiniert haben. Ich erfuhr einiges über seine ehemaligen Liebschaften mit schönen Frauen und Huren und sein Scheitern in der Gesellschaft, die er einen versnobten, beschissenen, egoistischen und kapitalistischen „Scheißverein" oder "Vegeln" nennt. Er meint damit keine Kolibris und Papageien, sondern Aasgeier und hungrige Adler.

"Die Gfraster haben mir keine Chance gegeben", murmelt er mit einem von mir geschnorrten Tschick im zahnlosen Goscherl und hebt die von mir bestellte Flasche Bier mit zittriger Hand. Fast hätte der alte, zerbrechlich wirkende Mann das Kunststück zuwege gebracht, gleichzeitig zu trinken und zu rauchen. Er brach das Experiment aber rechtzeitig ab und meinte nach einem tiefen Zug an der Zigarette: "Olle Menschen san ma zuwider, i kennts in die Goschen treten." Dann folgte ein ordentlicher Schluck Bier. Peter erzählte mir über seinen Vater- einen, den er das erste Mal in seinem Leben bei einem gemeinsamen Aufenthalt im Häfen traf, wo Daddy wegen Totschlags einsaß. Ich erfuhr von Rauschgeschichten seiner Mutter, einer ehemaligen Hure, die immer besoffen war, und natürlich von seinen Frauen, die sich von ihm "abseilten". Nach seinem Dafürhalten waren sie alle einfach "Scheißbana", die nur auf sich schauten und gerne mit anderen bumsten. Natürlich nicht immer aus geschäftlichen Gründen, sondern aus Gusto...

Nachdem sein Vater im Häfen an einer Leberzirrhose starb und die Mutter wegen Schizophrenie am "Gugelhupf" landete, stieg er mit 22 Jahren in die Fußstapfen seines Vaters und wurde das, was man in Wien abschätzig einen Burenhäutlstrizzi nennt...

Früher tanzte der Peter Samstags sehr gern beim "Englischen Reiter" oder "Eisernen Mann" im Prater. Da war er noch der "schöne Peter", wie man ihn in der Strizzi-Clique angeblich genannt hat. Während er erzählt, glänzen seine listigen Augen unter den buschigen, fast schon stachelig wirkenden Brauen. Besonders, wenn er von seinen "Madeln" spricht.

Dann bestellt sich der "schöne Peter" i.R. mit etwas feuchten Augen noch ein "Flucht-Bier" und zündet sich eine neue Zigarette an, die er diesmal von einem anderen prächtigen Exemplar grauer Strizzi-Ur-Zeiten geschnorrt hat, der neben uns an der Theke an seiner Bierflasche nuckelte. Im Unterschied zu Peter war der Oldie-Typ wenigstens glattrasiert und... ach ja, er schien in tiefer Trauer zu sein. Ich dachte mir das kurz, als ich seine schwarzen Fingernägel betrachtete. Er stellte sich als Django vor und fragte mich, ob ich noch die "Django-Filme" kenne.

Ich entgegnete "Ich liebe Tango".

„Django hob ich gesagt."

"Tut mir Leid, Herr Tango, äh, Pardon, Django" sagte ich und fügte nach seinem strengen Blick hinzu: "Wer kennt ihn nicht, den Django, den Freund von der Micky Maus."

"Oida, wenn du mich häkerln willst, hast dir den Falschen ausgesucht. Red mich nicht mehr an. Verstanden?"

"Verstehst kan Spaß, Django?" Fast hätte ich Hermann gesagt, denn der schlaksige Mann mit den breiten Schultern hatte eine gewisse Ähnlichkeit mit "Herman Munster" aus der fast schon in Vergessenheit geratenen TV-Serie "The Munsters".

Peter mischte sich ein und sagte "Loss eahm auglahnt, Django. Der Komiker ist von Radio Blödsinn."

Ich bestellte bei der Kellnerin für meine neuen Hawara Peter und Django ein Bier und hoffte, dass die Einladung wie Psychopharmaka wirken würde. Zumindest lächelten die zwei nun. Ob abschätzend oder freundlich war halt die unbeantwortete Frage.

Ich schaute mich genauer in dem kleinen Lokal um. Wurde hier vielleicht gerade eine Episode für die "Versteckte Kamera" gedreht und ich stand auf der "Saf"? War einer der beiden vielleicht sogar ein prominenter Lockvogel? Ich lächelte Hermann, äh, Django zu und versuchte, Peter zu interviewen.

Er erzählte nun, "alles Geld von seiner Spitzenbraut, der Mitzi, verdippelt", also verspielt, verfickt und versoffen zu haben. Eines Tages schlich sie sich von ihm und er bekam vom neuen Inkassant statt einer Ablöse ein blaues Auge und als Zugabe einen Nasenbeinbruch. Dann schaut er mir in die Augen und seufzt: "Ich habe alles beim Fenster rausgeworfen. Übrigens, Herr Redakteur, hast an Zehner für mich? So eine Art Gage für das Interview."

Django bekräftigte seinen Hawara mit "Rück was raus für den schönen Peter" und vervollständigte den Satz nach einer kurzen Pause mit "du stiere Laus". Seine stechenden, blauen Augen fixierten mich und er fuhr plötzlich mit einer freundlichen Stimme fort: "Ich habe zufällig ein Spiel mit, wo Du schnell einen Haufen Geld gewinnen kannst! Dann spielt der 10er für den Peter keine Rolle mehr." Hermann holte drei Fingerhüte und ein kleines Kugerl aus der Hosentasche, dann rochierte er mit den Fingerhüten auf der Theke und verbarg schließlich das Kügelchen unter einem. Er fragte "Hast ein scharfes Auge? Wo ist das Kugerl? Da, da oder da?" Dabei bewegte er einen Fingerhut nach dem anderen und ließ das Kügelchen auch "blitzen", so, dass es sogar ein Blinder gesehen hätte. "Kannst ruhig so viel Geld setzen, wie Du hast!" Hermann Django griff in sein Sakko und legte einige hundert Euro auf die Theke. Der ehemals vielleicht "schöne Peter", der mich soeben um einen Zehner angeschnorrt hatte, hielt plötzlich zwanzig Euro in der Hand und legte den Schein auf einen der drei Nähzubehöre. Natürlich auf eines, wo das Kügelchen noch nicht lag. Ich kannte das betrügerische Spiel und wusste- egal, auf welches Hütchen ich Geld setzen würde- ich wäre immer der Verlierer. "Na, wo is das Kugerl?" fragte Hermann und Peter meinte "Ich weiß es. Oida, leg was zu meinem Zwanzger dazu. Der Django ist ja schon wieder besoffen!" Ich sah beide kurz an, griff in meinen Sack und holte mein Springmesser hervor. Als es aufschnappte, erschraken beide und noch mehr, als ich mit der Messerspitze alle drei Hütchen umdrehte. Natürlich war unter keinem etwas, denn Django hatte das aus Schwamm gefertigte Kügelchen noch immer zwischen Zeige- und Mittelfinger eingeklemmt.

Nun grinste ich, legte einen Geldschein auf die Budel und sagte zu der Kellnerin "Passt schon. Kauf Dir für den Rest einige

Naschereien." Dann steckte ich den "Feitel" ein und verließ mit einem freundlichen "Pfiat eich" das Lokal.

Ja, ja, ehemaligen Strizzis geht es wirklich schlecht und da zitiere ich noch schnell Frau Ulrike K., (Ex-?) Chefin des legendären "Schweden-Espresso" in der Wiener Innenstadt:

Die alten Zuhälter haben früher die Puppen tanzen lassen – jetzt haben sie nichts mehr, teilweise nicht einmal eine Wohnung. Wenn sie kommen, lad ich sie auf ein, zwei Getränke ein. Das ist ein Geben und Nehmen. Früher hab ich jahrelang mit denen super verdient, und jetzt tut es mir nicht weh, wenn ich ihnen zwei Getränke zahle. (Quelle: zeit.de)

RADIO BLÖDSINN BREAKING-NEWS: *An der staatlichen Männer-Universität Stein a.d. Donau (siehe Cover-Foto) kann man ab sofort in den Studienfächern "Strich-, Zocker-, Dealer-Philosophie" immatrikulieren.*

Miriam...

Eine Sternschnuppe in meinem Leben...

Nicht nur am Ende der 70er Jahre gingen mir die kleinen Beiseln in der Vorstadt oft auf die Eier. Immer der gleiche Schmäh, die selben Gesichter, die gleiche Atmosphäre. Manche langjährigen Stammgäste noch nüchtern, mehrere versoffen, einige eingekifft. Aber es gab auch liebenswerte Leute, mit denen ich ganz gerne nicht nur über die "Dipplerei", sondern auch die Scheiß Geld-Automaten, über alte und neue Huren im Grätzel, leiwaunde Hawara, aber auch über Oarsch-Pülcher redete. Männer, denen ich am liebsten ein 9mm-"Lutschbonbon" mit feuriger Geschmacksrichtung in den Mund geschoben hätte. Also Wichtigmacher und "Wos i net olles waß und olles hob-Aufschneider", die ihren kleinen Kaffee schlürften und in die nächste Hütte weiterzogen, um auch dort die Leute zu beglücken.

Mit einem Satz: Ich brauchte oft Tapetenwechsel, wie es damals auch die Sängerin, Schauspielerin und Autorin Hildegard Knef in einem Lied mit ihrer heiser klingenden Stimme ausdrückte.

Eines meiner "Ausweichquartiere" war damals das dezentere Schweden-Espresso in der Wiener Innenstadt und auch bei „Ha-

146

serln" sehr beliebt.

Eines Tages lehnte ich an der Theke und trank eine Melange- vielleicht war es aber auch ein kleiner Brauner oder ein Glas Rotwein? Ich kann mich nicht mehr daran erinnern und kann nur eines versichern: Es war sicher kein Wasser!

Die Theke war ziemlich lang und am anderen Ende davon fiel mir ein besonders hübsches, sehr elegant gekleidetes junges, blondes Mädchen mit langen Haaren auf, das von mehreren jungen Männern- vom Typ her bestens eingesessene "Schreibtisch- hocker"- angebraten wurde.

Sie wiegelte die diversen Abend-Einladungen in ein Restaurant ab, schlug höflich, aber bestimmt jedes Rendezvous aus und begann, gelangweilt in einer Zeitung (es war die Krone) zu blättern, bis die erfolglosen Drängler um sie herum sich enttäuscht verabschiedeten. Plötzlich stand die Schönheit allein an der Bar und begann, an einem Kugelschreiber lutschend (ohne zu kauen!), scheinbar ein Rätsel zu lösen. Sie blickte aus ihren blauen Engelsaugen hilfesuchend zu mir rüber und fragte mich *Haben sie vielleicht eine Ahnung, wie ein Fluß mit "R" heißt? Der letzte Buchstabe von fünf ist ein "N".*

Ich ging zu ihr rüber und wir lösten gemeinsam das Rätsel. Schließlich fragte Miriam- so stellte sie sich vor-, ob wir vielleicht was essen gehen könnten. Ich konnte und wollte, wir stiegen in ihr Auto- meines parkte in der Zirkusgasse beim Hotel "Weißes Lamm", wo meine "Alte" Maria stand- und fuhren in den Prater auf eine gegrillte Stelze.

Es wurde spät und die Nacht verbrachten wir im Hotel "Urania" im 3. Bezirk. Ich war das erste Mal auch gefühlsmässig in einem wahren Dilemma. Wir verbrachten ein paar Tage zusammen, dann fuhren wir nach Bratislava, wo sie zu Hause war. Damals gab es noch den "Eisernen Vorhang" und ich musste mir ein Visum besorgen. Nach zwei Tagen in einem vornehmen Hotel in Bratislava machten wir uns wieder auf den Weg nach Wien. Nachdem ich das erste und auch letztemal gebackene Stierhoden probiert hatte. An der abendlichen Grenze holten wir den Pass raus und der Zöllner warf einen prüfenden Blick darauf. Dann bat er mich, auszusteigen. Ich war etwas verblüfft und dachte nach, was wohl der Grund dafür sei? Ich hatte doch nichts ausgefressen? Der Beamte sagte mir grinsend, im trauten Gespräch, dass wenige Stunden vorher eine Frau in die Tschechoslowakei mit einem Taxi einreisen wollte, doch weder sie noch der Taxler hatten ein Visum, also mussten sie wieder umkehren. Ihm war aufgefallen, dass sie in ihrem Reisepass als Berufsbezeichnung "Artist" eingetragen hatte. Wie auch ich. Deshalb wollte er mir das wegen der Dame am Steuer allein erzählen. Ich lachte und wusste, dass mich Maria wieder einmal verfolgt hatte. Ein "guter Freund", der von meinem Verhältnis zu Miriam und dem Abstecher in den Osten wusste, war ein etwas anderer Judas. Ich atmete auf und wir fuhren wieder in unser Stammhotel Urania.

Als ich am nächsten Tag nach Hause kam, war Maria nicht anwesend. Sie kam erst am Abend und schaute "etwas anders aus der Wäsch". Dann folgten Vorwürfe, weil sie natürlich über fast alles Bescheid wusste. Sie erzählte mir früh morgens, mit einem Taxler gemeinsam in der tschechischen Botschaft gewesen zu sein, wo beiden ein Visum ausgestellt wurde. Danach ging es nach Bratislava, wo sie in einigen Hotels nach mir gesucht hatte, während ich schon wieder in Wien war und mit Miriam einen "Good morning-fuck", nicht ganz "quicky", auf einer quietschenden Matratze absolvierte.

Wir redeten uns aus und es drohte kein Wut-Anfall, denn Maria blieb ausnahmsweise ruhig. Ich sagte ihr, dass ich mir alles überlegen müsse. Schließlich waren wir vor Jahren kurz verheiratet, damit sie sich frühzeitig als Berufs-Prostituierte registrieren lassen konnte.

Einige Tage später traf ich mich mit Miriam und Maria in einem Lokal und wir führten so eine Art "Koalitionsgespräch".

Miriam war schön, sehr intelligent und wusste, was sie wollte. Sicher nicht am Strich stehen, sondern höchstens in einem Club arbeiten. Das gab den Ausschlag, dass ich mich doch für Maria entschied. Außerdem hatte ich Miriam im Verdacht, dass sie vielleicht eine Agentin sei, denn sie sprach mehrere Sprachen und fuhr immer wieder in die Tschechoslowakei- damals bildeten Tschechien und die Slowakei noch einen gemeinsamen Staat. Ich fragte sie einmal, warum sie damals im Schweden-Espresso gerade mich ausgesucht hatte. Sie antwortete mit: "Ich wollte ins Milieu und als ich dich gesehen habe, ahnte sofort, dass du ein Strizzi bist..."

Wie gesagt eine kluge Frau. Bald kaufte und gestaltete ein begüterter Freund in einem Haus in der Juchgasse eine Bar- die „Miriam Bar". Heute ein Laufhaus.

Ich besuchte sie aus Freundschaft ein- oder zweimal in ihrem Lokal und gönnte ihr den Erfolg, den sie mit mir nie gehabt hätte. Ich erfuhr aber nie, ob sie auch glücklich war.

Die Jahre vergingen, auch Jahrzehnte. Über vierzig Jahre später bekam ich eine Freundschaftsanfrage auf Facebook. Sie stammte von Miriam, die nun in den USA, in Boston, lebte. Sie schickte mir Fotos und sie sah auch mit 63 noch immer attraktiv aus. Sie hatte einen nicht armen Amerikaner in Wien kennengelernt, der das schöne Mädchen heiratete und in seine Heimat mitnahm. Nach dem Tod ihres Mannes lebte sie das Leben einer "lustigen Witwe" und war auf FB sehr gut drauf. Nur mit der deutschen Sprache hatte die "Amerikanerin" inzwischen Probleme.

Seit dem 9. Juli 2019 postete sie plötzlich nichts mehr auf ihrem FB-Account und nicht nur meine persönlichen Nachrichten an Miriam blieben unbeantwortet. Bis mir eine gute Freundin von ihr auf FB mitteilte, dass Miriam am 11. Juli 2019 verstorben sei und (auf Betreiben ihres Mitbewohners?) ziemlich rasch einge-äschert wurde. Sie hatte nach zwei Ehen in den USA einen Freund, der seit einigen Jahren bei ihr im Haus wohnte. Ein Mann, der nichts hat und laut Erzählungen auch nichts kann. Nach ihrem überraschenden Tod boykottierte er (für den Herrn gilt die Unschuldsvermutung) angeblich ein Posting, damit nichtsahnende FB-Freund*innen vom Tod Miriams nicht erfahren sollten. Nun warte nicht nur ich auf das Ergebnis der an der Lei-che durchgeführten Obduktion. Das Ergebnis werde ich auf mei-nen Blogs und, bei einem begründeten Verdachtsfall auf ein Ver-brechen, auch auf FB veröffentlichen.

Miriam 1982 in der "Miriam Bar"

Meine kleine Welt heute

Ja, ich war ein Zuhälter und habe Frauen ausgenützt. Viele
Männer nützen schamlos die Bewohner eines ganzen Landes aus
und nennen sich Industrielle, Politiker oder Geistliche.
Dazu fällt mir noch folgendes ein: Was sind jene schönen Frauen,
die sich einen reichen, angesehenen Mann angeln und nur auf
dessen Berühmtheit, Besitz und Reichtum aus sind? Sind das
Schlampen? Oder jene Frauen mit Hauptschulabschluss, die auf
dem Standesamt mit einer einzigen Unterschrift ihren "Doktor"
machen? Sind das anständige Frauen?
Was sind Heiratsschwindler, Hochstapler und Betrüger wie
Wolfgang I., der meine Frau nicht nur finanziell "ausgeweidet"
hat?
Ich will nicht noch mehr Beispiele anführen, denn die würden
einen dicken Wälzer füllen...

Übrigens: Ich bin seit 1993 straffrei und heute unbescholten.
Wäre ich nicht zu alt, könnte ich mich trotz 18 getilgter
Vorstrafen, sogar mit einem positiven Leumundszeugnis, bei der
Polizei bewerben. - Hier sollte eigentlich ein Smiley meine
Leser*innen anlächeln.

Jeder bewundert Akademiker. Aber sind sie wirklich zu beneiden? Samantha, eine Underdog-Bettelstudentin mit dem Ehrgeiz, ein Studium durchzuziehen, hat sich alles ganz anders vorgestellt. Statt TV-College-Romantik gibt es Ernüchterung: Biedere narzisstische Büchernarren, ein leeres Bankkonto und überehrgeizige Mitstudenten saugen jeden Rest an Enthusiasmus aus. Samantha gibt aber nicht auf: Sie will studieren - koste es, was es wolle!

Ruth Rabak studierte und absolvierte Politikwissenschaft, Anglistik und Philosophie an der Universität Heidelberg. Während ihrer Studienzeit versuchte sie sich als Amateur-Schauspielerin, Model und Journalistin, nahm nach einem Burnout Reißaus, zog nach Berlin und landete nach einigen Jahren an der Costa Blanca in Kärnten. Die Politologin hat sich dem philosophisch angezuckerten und verbal eigensinnigen Dekonstruktivismus verschrieben, setzt sich mit Stereotypen jeder Art auseinander und reflektiert persönliche Erfahrungen aus ihrer Studienzeit. **ISBN-10:** 3749408270

Das Ohrliwurli ist zwar nicht mehr ganz klein und kann schon vieles alleine- aber ganz neue Erfahrungen des Alltags warten darauf, dass Ohrliwurli ihnen begegnet und lernt, wie man die Dinge meistert. Wind und Wetter, Regen und Erkältungen- alles kein Problem, wenn guter Rat und Mama da sind!

Autorin: Ruth Rabak. Mit Illustrationen des bekannten Karikaturisten Christian Urbanek, der auch für Magazine und Zeitungen zeichnet.

ISBN-10:3748168624

Unterwelt-Trilogie, jeder Band für sich abgeschlossen.
Strichphilosoph Freddy Charles Rabak:
Band 1

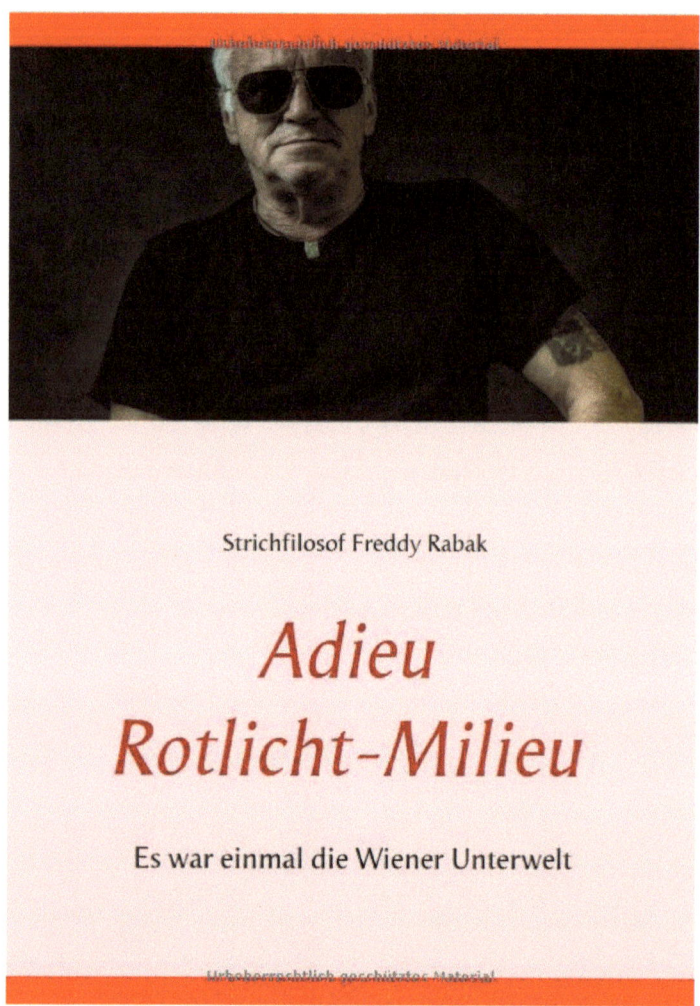

Strichfilosof Freddy Rabak

Adieu Rotlicht-Milieu

Es war einmal die Wiener Unterwelt

Band 2

Quelle (Auszug): www.meinbezirk.at: vom-wiener-praterstrich-nach-voelker-markt (*Autor: Christian Lehner*)

Autor: Christian Lehner aus Klagenfurt

Ex-Strizzi und Ex-Rotlichtkönig Freddy Rabak lebt in Völkermarkt und erzählt über sein ereignisreiches Leben - in Buchform und im WOCHE-Gespräch.

VÖLKERMARKT, WIEN (chl). Freddy Rabak – bürgerlich Alfred Hrabak-Brand junior – ist ein Ex-Strizzi wie er im Buche steht. Sein Revier waren vor allem das Stuwerviertel im zweiten Wiener Gemeindehieb und der Prater. Heute ist er 71 Jahre alt, "Strichfilosof" und Autor. Im Vorwort seiner Biografie "Adieu Rotlicht-Milieu. Es war einmal die Wiener Unterwelt" (2017, Books on Demand) beschreibt er sich wie folgt: "Ich bin ein Ex-Krimineller und lege nun als Unbescholtener sehr viel Wert auf das Anhängsel Ex. Meine Frauen sind ja auch nicht mehr ‚meine' Frauen. Warum ich das Ex betone? Man kann ein Ex-Gauner, Ex-Drogenabhängiger, Ex-Einbrecher oder Ex-Betrüger sein, aber nie ein Ex-Mörder. Denn noch kein einziges Mordopfer hat seinem Mörder jemals verziehen ..."

Adieu, Milieu

Nach 25 Jahren im Rotlichtmilieu sagte er dem Milieu Adieu, in etwa gleich lange ist er nun "frank". Seit sechs Jahren lebt er mit seiner sechsten Frau Ruth, einer Politologin, in Völkermarkt. "Hier gelandet sind wir eigentlich zufällig nach einer Italienreise und dachten uns: Hier ist es schön. Ich pack' Wien nicht mehr, das ist nicht mehr das Wien, wo ich aufgewachsen bin. Ich pack' diese ganzen Glas- und Beton-Monsterbauten nicht mehr. Früher bist du über die Donau gefahren und warst im Grünen, heute nur mehr Gemeindebauten. Oder der Prater, der kommt mir vor wie Disneyworld, alles Plastik."

Im Schatten des Riesenrads

Der Prater war Rabaks Spielwiese als Kind, aufgewachsen im Schatten des Riesenrads, könnte man sagen. Sein Vater war der jüdische Auschwitz-Überlebende und Entfesslungskünstler Ferry Brand, eine große Nummer im Prater, dementsprechend vielbeschäftigt. Freddys "Erziehung" übernahm der Onkel auf, der mit Freddys Mutter ein Verhältnis hatte und dem die Faust oder der Gürtel ziemlich locker saß.
In den 25 Jahren im Milieu hatte "Cadillac Freddy" so ziemlich alle Himmel und Höllen eines "Praterstrizzis" erlebt. "Mit 15 behüpfte ich in der Prater-Hauptallee (...) eine etwas reifere, zahnlose Hure um fünfzig Schilling", schreibt er in seiner Biografie. "Meine erste Hure hatte ich mit 18", ergänzt er im Woche-Gespräch. Fünfzig Jahre später resümiert er: "Ich hab' tausend Weiber g'habt."

Einen besonderen Dank meiner schwerkranken, am Standesamt adoptierten "Tochter", Lektorin, Mitarbeiterin, Mitbewohnerin, Autorin und auch Kaffee-Zubereiterin Ruth Rabak für ihre Mühe. Sie ist seit ihrer Kindheit Vegetarierin. Fast hätte ich vergessen, dies zu erwähnen:

Sie studierte in Heidelberg, ist Politik-Wissenschafterin und schrieb neben dem Kinderbuch "Ohrliwurli" auch über ihre Eindrücke aus dem Studium- über diverse Studienrichtungen wie Geisteswissenschaften und ihr Leben als Studentin, die in dieser Zeit oft nur wenige oder zu wenige Euro besaß, um sich wenigstens mal eine Dose Bier oder "Essen" bei Penny zu leisten.

Doch zu Hause wird über Politik kaum gesprochen. Auch nicht über Fußball oder Schach. Es wird prinzipiell sehr wenig geredet und deswegen fast nicht gestritten...

ttps://strichfilosof.wordpress.com

https://www.youtube.com/channel/UC2ztu7N-cETjqZ97LqmvKsQ

https://www.facebook.com/exganove/